M000309465

MAÑANA NO TE VERÉ
EN MIAMI

Colección Impulso:
Narrativa

MAÑANA NO TE VERÉ EN MIAMI

Pedro Medina

© 2013, Pedro Medina
© 2013, Ediciones Oblicuas
info@edicionesoblicuas.com
www.edicionesoblicuas.com

Primera edición: noviembre de 2013

Diseño y maquetación: Dondesea, servicios editoriales
Ilustración de portada: Héctor Gomila
Imprime: ULZAMA

ISBN: 978-84-15824-50-3
Depósito legal: B-15880-2013

A la venta en formato Ebook en: www.todoebook.com
ISBN Ebook: 978-84-15824-51-0

EDITORES DEL DESASTRE, S.L.
c/ Lluís Companys nº 3, 3º 2ª.
08870 Sitges (Barcelona)

Impreso en España – *Printed in Spain*

A Isabella, Elizabeth, Rosa María y Luciana.

Índice

La vida es una cárcel con las puertas abiertas,
Verónica escribió en la pared.
ANDRÉS CALAMARO

Jueves, 26 de agosto, 10:37 pm

… Las luces circulares azules y rojas de la patrulla se reflejan contra los cristales de Black Ink Tatoo Shop. La mujer, con las manos esposadas, la quijada contra el maletero. Uno de los policías, con una linterna, apunta a la mujer en su melena dorada, en sus labios colorados, en su escote generoso, en las piernas enfundadas en cuero negro hasta las rodillas. El bolsito negro de la mujer está en la pista. Ella lo busca con el pie, quiere sentirlo, saber que está ahí…

Habana-Miami-Manhattan

Yaneira espera el tren que la llevará a Manhattan. A las nueve se encontrará con Mr. Hinton, su *VIP customer*, como ella lo llama, en la estación Grand Central Terminal. Tiene a su lado un carry on en el que guarda un par de tacones rojos, una muda de ropa interior color violeta —la preferida de Mr. Hinton—, su lápiz de labios, esmalte de uñas, delineador de cejas, enjuage bucal, polvos para la cara, un *New York Times* y una foto, en sepia, de su papá que la acompaña siempre.

Esa remota tarde en que recibió la foto, su tía Belinda le dijo que se fuera, que ya no podía seguir haciéndose cargo de ella, que ya estaba mujercita. Poco antes, en su pecho habían empezado a asomar dos bultitos como dos botones de rosa, y además, había despertado no pocas veces con manchas de sangre en la ropa interior y en las sábanas.

Las cosas estaban cada vez más insoportables con su tía Belinda. La vieja pasaba el tiempo encerrada en su cuarto, con el pico de una botella de ron casero, que le compraba a uno de los vecinos de la cuadra, embutido en la boca. Cuando acababa la botella la reventaba contra el suelo, daba de alaridos, ¡ya te irás a trabajar a la calle, guajirita, ya te irás a trabajar a la calle!, que solo paraban con el vómito que le venía como una catarata. Yaneira escuchaba desde la sala, con los ojos en el doce pulgadas blanco y negro de centro de mesa, encendido en comiquitas rusas. Vieja loca, era mejor no hacerle caso.

Pero esa tarde, esa tarde remota en que Yaneira se fue, la tía Belinda salió del cuarto con la botella por la mitad y le dijo que se largara, que no podía más con ella. Yaneira ni volteó a mirarla, no le haría caso, como siempre. Y Belinda le puso en la puerta de la casa una bolsa con sus dos trapos que tenía de muda de ropa y la foto.

Yaneira deambuló por las callecitas de su pueblo, San Nicolás de Bari. Todas las caras resultaban conocidas, se le acercaban, salúdame a Belinda, niña. Era mejor irse, no quería que al caer la tarde, cuando ya todos estuvieran reunidos en sus casas, tuvieran que verla por ahí, sola, en la placita o en algún parque.

Horas después, Yaneira estaba en el centro de La Habana, acostada en una de las bancas del paseo del Prado, bajo un cielo que dejaba asomar pocas estrellas, mirando la foto de su papá, con esos bigotitos que parecían dos pinceladas de café, vestido con su uniforme de enfermero. Esa foto se la habían tomado en uno de los agasajos de fin de año del policlínico Camilo Cienfuegos, brindando con los compañeros de la ronda nocturna. Su papá regresó ese día a la casa con tres cervezas Bucanero grandes y puso en la radio canciones de Nino Bravo. Tomó apenas una de las botellas y se quedó dormido. Yaneira apagó la música, le quitó los zapatos y lo acostó como pudo en el sillón. Esa había sido la única vez que había visto tomado a su papá.

No pasó mucho desde el día del agasajo en el policlínico, en que aprovechando que no le tocaba turno, su papá le dijera para ir a pasear por la Habana. Mientras caminaban por el malecón, señalando hacia el mar, hacia el horizonte rojizo, él le dijo que se iría para allá. Allá está el futuro, mi niña, así dijo, y rozó con las yemas de los dedos la cara de Yaneira.

¿Y ella también iría? Sí, sí, mi niña, también vendrás, también vendrás. Lo hacía por ella, cada vez estaba más grande y en la isla no tendría ninguna oportunidad de salir adelante. Ya estaba casi todo listo, se iría con sus compadres Machito y Kimbombo. Hasta que él se organizara bien, se quedaría bajo el cuidado de la tía Belinda, que la quería como a una hija. Eso sería solo un tiempo, poco, poquito. Rápido la llevaría para allá con él.

A los pocos días de la partida, sin embargo, llegó la noticia a La Habana de que en el estrecho de la Florida habían encontrado el cuerpo de su papá flotando, amoratado, los ojos abiertos y ciegos, la boca un agujero negro.

Así pasó el rato Yaneira, las horas, sin moverse de la banca en el Prado, sin soltar la foto, sin dejar de repasar esas imágenes con su papá en el malecón: «Sí, sí, mi niña, también vendrás, también vendrás». Al hacerse de día entró fondas, en bodegas, preguntando si necesitaban algún ayudante.

Esa noche, sentada sobre una caja, en un rincón de un bar de La Habana Vieja, calmando la sed con sorbos de cerveza tibia, esperó a que se retiraran todos los clientes para voltear las sillas sobre las mesas, barrer las colillas de cigarro y limpiar los vómitos de los baños.

Cuando ya tenían algo de confianza, el dueño del bar le dijo que algunos clientes querían conocerla más. Unos señores muy generosos que siempre la veían sentadita en un rincón. Querían ayudarla, darle una platica extra o algo de ropa. Tan solo debía acompañarlos un ratico. ¿Señores generosos?, pensó Yaneira, y dejó escapar una sonrisa.

Recuerda bien al primer hombre que acompañó en el bar. Tenía la cara redonda como una pelota, las manos callosas, uñas mordisqueadas y sucias, y al alzar el vaso lleno de cerveza le temblaba el brazo. Yaneira miraba el humo del cigarrillo que se consumía en el borde del cenicero cuando sintió la mano áspera frotando sus piernas. Son ya diez años desde esa tarde remota, piensa Yaneira, poco más de nueve que llegó a Miami en una balsa de madera, como hubiera querido llegar su papá, sobreviviendo a los tiburones, al hambre, a la sed. Seis o siete meses que dejó Miami, que decidió largarse también de esa ciudad.

Un reloj gigante cuelga de una de las paredes blancas maquilladas de hollín. Faltan doce minutos para las ocho. Yaneira toma su carry on y se pierde en el hormiguero de viajantes que arrastran sus maletas en dirección al andén.

Cuando el tren se aleja, ve por la ventanilla a un viejo hombre uniformado que barre los restos dejados por los viajantes. Entonces abre su *New York Times*. No puede llegar a su encuentro con Mr. Hinton sin estar al tanto de las noticias. Ya sabe cómo es Mr. Hinton: a la hora de la cena habla y habla, no le gusta que lo interrumpan. Habla de cuando fue combatiente en Vietnam, como jefe de la brigada Estrella 24, y que casi pierde la vida en una emboscada del ejército en la que bombardearon las trincheras y murió casi la mitad de la brigada. Cuando no está nostálgico, habla de política, de los senadores, de los republicanos y de los demócratas, y es ahí cuando a veces hace preguntas. Qué piensa de esto o lo otro Yaneira, que si está de acuerdo con los republicanos o con los demócratas en lo de la guerra de Irak.

Dónde la llevará Mr. Hinton esta noche a cenar, piensa Yainera mientras hojea el diario: quizás al bistró de la 44 street, o quizás al sitio ese del hotel tan elegante si es que está antojado de carne. Y después, después por qué avenida caminarán hacia el departamento de Mr. Hinton: por la Madison, por la Park o por la Quinta, y entonces pasarán por esa tienda en la que Mr. Hinton le dijo que eligiera una de las maletas de la vidriera, que no quería que siguiese arrastrando esa vejez de maletín. Así eran los gringos, brutos para hablar, pensó Yaneira, mientras contemplaba las vidrieras iluminadas por chorros de luz y dispuestas de maletas, bolsos, zapatos. Y al llegar al edificio, en el ascensor, ¿Mr. Hinton la atrapará por la cintura y le besará la boca, el cuello, la espalda, o acaso le quitará la ropa interior y sus dedos se perderán entre sus piernas?

En el departamento, deberá acostarse boca abajo sobre la cama en ropa interior, la de color violeta, mientras él se sirve un Jack Daniel's con un cubo de hielo, se quita la ropa lentamente y la va doblando y acomodando en su armario, luego se sienta en el piano marrón frente a su cama y toca piezas que a ella le parecen lindas, unas de un tal *chaicosqui* o un nombre así que ella nunca pronuncia bien. Y se quedará por el resto de la noche, boca abajo, así le gusta a Mr. Hinton, porque siente como si estuviera tocando el piano frente a un altar de carne.

A las nueve, el tren se detiene en la estación Grand Central Terminal, Yaneira guarda el periódico en su carry on y abandona su asiento.

La noche de poesía y rosas

Mis idas al Ilusiones empezaron a los pocos días de quedarme sin empleo. Por siete noventa y nueve servían arroz imperial o masitas de puerco con arroz moro o arroz chino a la cubana y la sopa del día. Llegaba cerca de la una de la tarde —previa parada en el Art Deco Market para comprar los diarios—, hora en que la música de los parlantes incrustados en las esquinas se perdía entre la voz de los comensales y el choque de la porcelana de los platos. Me sentaba en la misma mesa, apartada, junto a una pared donde había apiladas cajas de distintas marcas de cerveza.

Al terminar de comer, pedía una taza de café y abría los diarios en la sección «Clasificados». Los leía e iba tomando nota de los trabajos que podían interesarme para llamar o llenar solicitudes de empleo por internet. Así pasaba varias horas.

Una tarde entró un tipo nuevo al Ilusiones. Nuevo al menos para mí, pues hasta entonces no lo había visto; no es que conociera a todos los comensales, pero generalmente veía las mismas caras. El tipo llevaba al hombro un cesto con rosas amarillas, parecía una guitarrita con pies y vestía con chaqueta de tweed. Se acercó al mostrador, golpeteó sobre la fórmica para llamar la atención del mesero que estaba jugando con su celular y pidió una Tecate. El mesero sacó una de la nevera y el tipo le entregó los billetes. Luego, en una de las mesas, se desparramó en su silla para tomar la cerveza.

Calculo que estuvo así por media hora, no creo que más. Después se fue. Yo también estaba por irme, me faltaba solo una última revisada. Había marcado algunos clasificados, no muchos. Solo me interesaron tres: la lavandería Full Clean, el grocery store On my way y el courier de envíos a Latinoamérica Pegasus. Quedaban cerca de mi casa, así que podría ir caminando.

Al día siguiente por la tarde, cuando iba a mitad del café, frente a los clasificados, la guitarrita con pies entró en el Ilusiones. Cesto de rosas amarillas al hombro, misma chaqueta de tweed. Igual que el día anterior, puso los billetes sobre el mostrador, pidió una Tecate y se desparramó en una silla —esta vez de la mesa junto a la mía—. Tuve la sensación de que mi presencia lo incomodaba, pues varias veces me miró. En una de esas me dijo hey, a su salud, y alzó la botella y dio un sorbo. Asentí con la cabeza. ¿Algo interesante en los diarios?, dijo. Busco empleo, solo son los clasificados. La chamba, la chamba, pues esta es mi oficina, dijo, y golpeteó el cesto de rosas. Sonreí. Pero bueno, amigo, no le quito más tiempo, siga ahí en lo suyo que ya se me acabó el descanso. Y se levantó, se colgó el cesto y dijo que ahí nos estábamos viendo. Yo pasé el resto de la tarde buscando trabajo.

La guitarrita con pies también apareció la tarde siguiente por el Ilusiones. Amigo, dijo cuando me vio. Hola, ¿cómo estás?, dije. Pues acá, bien, y puso su cesto en la mesa de al lado y se acercó al mostrador a comprar su Tecate. Esa vez se sentó, sacó del cesto un cuaderno y se puso a hojearlo, parecía concentrado. Apenas alzaba la cara para tomar de su cerveza. Al terminar de pasar las páginas cerró el cuaderno, estiró las piernas sobre la silla vacía que tenía enfrente y agarró su botella. Le quedaba menos de la mitad, no tardó en terminarla. Luego me preguntó cómo iba con lo mío. Ahí iba, dándole, fácil no estaba la situación. Ah, pues eso sí, y preguntó si yo iba mucho por ahí, que ya me había visto tres días seguidos. Le dije que desde hacía unos días. Si me quedaba en mi casa me dormía o me ponía a hacer cualquier otra cosa, y necesitaba buscar trabajo. Entonces nos veremos más seguido, dijo, él trabajaba por esa zona y, últimamente, le gustaba pasar por el Ilusiones para hacer su descanso y tomarse una cervecita. Después de decir eso se puso de pie, se colgó la cesta, se acercó a mi sitio y nos dimos la mano. Ya nos veríamos.

Y así fue, la guitarrita con pies llegó también al día siguiente al Ilusiones. Pero esa vez fue a buscarme y no se acercó al mostrador.

—¿Muy ocupado?

—Normal —respondí.

—Ah, pues, ¿puedo robarle unos minutos?

—Claro que sí, hombre, no hay problema.

Dejó el cesto de rosas en el suelo, sacó el mismo cuaderno del día anterior y ocupó la silla frente a mí. Por unos segundos permanecimos en silencio, hasta que me alcanzó su cuaderno y dijo a ver, lea. Las hojas estaban llenas de anotaciones en los márgenes, de frases, de tachones, trazos de caras de personas. Pásele las páginas para que lea lo que viene después. En la siguiente página no había ya frases sueltas sino un poema titulado «El puente». Y en las siguientes estaban los poemas «Paradoja de la tristeza en los ojos» y «Hacia la pequeña muerte». Leí uno por uno. Cuando terminé de leer «Hacia la pequeña muerte», me cerró el cuaderno. Ya, hasta ahí estuvo bueno, ¿qué le parecen? De esto yo no sé mucho, le dije, pero sentía que sus poemas me habían emocionado, sobre todo «El puente». Pues qué bueno, se agradece. Estiró la mano y dijo a propósito, amigo, me llamo Campos, mucho gusto. Martín, respondí, el gusto es mío. Estrechamos manos. Le quedaban dos días para prepararse, dijo, apenitas dos. Y me contó que se ganaba la vida deambulado entre las mesas de los restaurantes de Española Way, con su cesta de rosas amarillas colgada al hombro, al acecho de miradas que lo estuvieran siguiendo para acercarse, recitar un poema y dejar una rosita. Al terminar abría su cuaderno, lo ponía frente al caballero —o caballeros— y pedía, por favor, una colaboracioncita para el poeta que necesitaba alimentarse y que no se le fuera la inspiración. Así todos los días, desde el mediodía hasta las once, doce de la noche o una de la madrugada, dependiendo de qué tan bueno estuviera el *business*.

Los poemas ya se habían vuelto la sobremesa de los restaurantes de Española. ¿Qué es del poeta? ¿A qué hora llega el poeta? ¿Y el poeta?, preguntaban los clientes cuando no lo veían. Harry, el manager de La Tasca, le propuso entonces organizar un *show* los jueves. Un *show* de poesía y música a las diez de la noche junto al Catalán, un guitarrista que tocaría en los intermedios. La idea de Harry era que Campos recitara cuatro poemas y que el Catalán tocara tres canciones entre poema y poema. Se llamaría «La noche de poesía y rosas». Al final de cada *show*, Campos, si quería, podía acercarse a cada mesa a firmar servilletas para que los clientes le dieran una propina.

Campos quería abrir «La noche de poesía y rosas» con «El puente», porque era un poema en honor al círculo literario de Los Arrayanes, que él mismo había fundado en su pueblo, Tamaulipas. Lo empezó reunido en bares con un par de amigos, pero habían ido creciendo, se les había unido más gente y eran ya un grupo de poetas y literatos reconocido en su ciudad. Y así aprovechó para seguir hablando de poetas y poesía, y me preguntó por una y otra cosa. Yo no conocía nada de eso, le dije. Ah, pues, ¿y lee? Tampoco, a no ser que sean anuncios clasificados para buscar trabajo.

Híjole, ni modo, traiga para acá, dijo, y señaló al servilletero. En una servilleta anotó: «Noche de poesía y rosas, La Tasca, jueves a las diez», será un gusto tenerlo. Le agradecí, doblé la servilleta y la metí en mi billetera. De nada, más bien ahora sí ya me voy, dijo, y se levantó. Caminó hacia la puerta, las manos dentro de los bolsillos de la chaqueta, la cesta al hombro. Volví a mi mesa. Había sido una mala tarde, ni un solo clasificado interesante.

Al día siguiente, Campos no apareció por el Ilusiones —en ese momento, la verdad, no reparé mucho en su ausencia—. Estaba concentrado en los clasificados: por la mañana había ido a solicitar trabajo a Full Clean, a Pegasus y a On my Way y en ninguno me dieron seguridad de nada. En los dos primeros dijeron que gracias, cualquier cosa me llamarían, y en On my way, que *my english was not very fluent*. Bien hechas las cuentas, podría, a la justas, sobrevivir dos meses sin ingresos. Iban ya quince días.

El jueves fue igual, a Campos no se le vio por el Ilusiones y yo estuve toda la tarde encorvado en la silla tomando notas. Al terminar pasé por el Art Deco a comprar un *six pack* de Heineken. En la fila para pagar saqué mi billetera y encontré la servilleta en la que Campos me invitaba a su presentación. Era esa noche, a las diez. Recordé su cuaderno, sus frases tachadas, «El puente». Luego pagué.

Camino a mi casa, por la Washington Avenue, me pareció ver a Campos en la acera del frente entrando a un cyber café. En vez de la chaqueta de tweed, llevaba puesto un saco marrón. Crucé para saludarlo y preguntarle si seguía en pie lo de la noche. Cuando entré en el Cyber no lo vi: quizá se trataba de una confusión y no era Campos, o había subido a una de las computadoras del segundo piso: eso parecía una galpón cibernético.

«La noche de poesía y rosas» me quedó dando vueltas en la cabeza, así que al llegar a mi casa guardé el *six pack* en la nevera: si es que me animaba a ir, prefería, mejor, tomar unas cervezas antes. Aproveché lo que quedaba de la tarde para ordenar la ropa limpia arrumada junto a mi cama, meter en el cesto la sucia que estaba dispersa por el suelo y después sentarme en la computadora a revisar si tenía respuesta a alguna de las solicitudes de trabajo que había hecho *on line*. Pero nada, las mismas respuestas enviadas desde un *autoreply*: hemos recibido su información; gracias por su interés en nosotros; lo contactaremos a la brevedad. A las ocho seguía entusiasmado con la idea de ir a «La noche de poesía y rosas». Saqué una cerveza, volví a la computadora y me puse a llenar una nueva solicitud. Muchas me resultaban interminables o eternas. Esa vez tardé más de hora y media en llenar dos. Ya habría tiempo para más, pensé, cuando faltaban apenas veinte minutos para las diez. Era hora ir hacia Española Way.

Llegué a La Tasca cinco minutos antes del *show*. Cerca de la puerta estaba Campos con el saco marrón con el que, efectivamente, lo había visto por la tarde —aunque no se lo dije—. Lo acompañaba un sujeto de cabello color periódico, ondulado, vestido de negro, excepto por los zapatos de gamuza roja. ¡Hey, amigo, venga, venga!, alzó la voz Campos. Bienvenido a «La noche de poesía y rosas». Qué bueno tenerlo por acá, Martín. Mire, le presento a mi camarada el Catalán. Un placer, Martín. Lo mismo, Catalán. Bueno, bueno, dijo Campos, una balita más antes de entrar, y sacó del bolsillo de su saco una botellita de ron rubio. Dio un sorbo y se la entregó al Catalán. El Catalán hizo lo mismo, me la dio y dijo mátala, macho. La acabé y entramos.

Sobre la atmósfera de La Tasca flotaban gotitas de color miel de los faroles que colgaban del techo. En las mesas, frente a cada invitado, había una rosa amarilla y una copa. En el tabladillo, al centro, un micrófono, una silla y, en el suelo, una guitarra. Ni bien Campos se paró ante el público, todos se levantaron para aplaudirlo. Un hombre que había estado parado por ahí se acercó al micrófono. Se presentó como Harry, agradeció a todos su presencia, explicó en qué consistiría el *show* y dijo que, por ser la inauguración, la casa invitaría a una copa de vino. Pero bueno, no les quitaba más tiempo, era hora de empezar a disfrutar de los versos del poeta Campos y la magia de los dedos en la guitarra del Catalán.

Campos saludó, agradeció la asistencia. Empezaría con «El puente», poema dedicado a Tamaulipas y al círculo literario Los Arrayanes. Durante unos minutos no se sintió un murmullo, un choque de vasos, un ruido de sillas; solo la voz de Campos detrás de los versos de «El puente», sus ojos cerrados, sus puños a la altura del vientre. Cuando terminó, los aplausos rompieron el silencio, pero él pidió que por favor los aplausos para después, necesitaba el silencio para seguir recitando. Siguió con «Paradoja de la tristeza en los ojos», y después vino el intermedio. El público se puso de pie para aplaudir, incluido yo. El Catalán, que había estado con Harry a un lado, se sentó en la silla, se colgó la guitarra, acomodó el micrófono, dijo hola, ¿les vendría bien un sabinazo? y empezó a tocar «La Magdalena». Campos y yo no tuvimos oportunidad de hablar: él estuvo con Harry y con los clientes y yo no me moví de mi sitio. El Catalán cerró el intermedio con «Barbie Superstar» y Campos volvió al tabladillo. Otra vez su voz tras los versos, los ojos cerrados, sus puños en el vientre. Solo recitó un poema, ahora no recuerdo cuál, y le cedió el turno al Catalán.

Igual que en el intermedio anterior, yo no me levanté de mi silla y Campos lo pasó con Harry y con los clientes. Con el cuarto poema, Campos terminó su parte en el *show* y el Catalán se quedó un rato más con la guitarra colgada. Luego de que Campos terminara de firmar servilletas, me acerqué a felicitarlo. Me pareció fabuloso, le dije, y él que se había emocionado mucho, se había sentido como en Tamaulipas, pero no pudimos hablar más porque Harry lo llamó. Amigo, discúlpeme, dijo Campos. Tranquilo, no te preocupes. ¿Vas mañana al Ilusiones? Sí, sí, dijo, lo que pasa es que estos días me tocó andar metido en el cyber café corrigiendo algunas cosas de mis poemas en la computadora. Ah, ok, ok, entonces mañana nos vemos y conversamos con calma. Ándele, mañana lo veo. Entonces terminé de escuchar al Catalán, que cantaba «Penélope», de Serrat, y me fui.

A la mañana siguiente me despertó la llamada de un tal David, del courier Pegasus. Tenía algo para mí, dijo, pero debía ir en ese momento a hablar con él. Salgo para allá. David me recibió en el Front Desk. ¿Tú eres Martín? Sí. *Nice to meet you, man*, ven conmigo. Fuimos a la trastienda, un espacio poco más grande que un baño, repleto de cajas, con olor a cartón y un mapa de Latinoamerica de color pálido pegado a la pared. Mi trabajo sería de *Package Verificator*. Cada paquete que él recibiera en el Front Desk, lo llevaría a la trastienda; ahí yo debía verificar que estuviera sellado con tape, escribirle OK en una esquinita de la caja con plumón negro y colocarlo en «la bandeja de salida».

Los primeros días en la trastienda, sentado frente a cajas, se me hicieron eternos. Repasaba y repasaba, en el mapa, todos los países de América Latina y sus capitales. El único contacto que tenía con otra persona era cuando

David entraba con paquetes y decía *here you have more*. El cartón de los paquetes calentaba el ambiente, me deslizaban gotas de sudor por el cuerpo. Estuve a punto de renunciar, pero me compré un ipod y un ventilador, pedí permiso a David para sacar el mapa y las horas se hicieron más llevaderas.

Pasado un mes de trabajo cobré mi primer sueldo y fui a La Tasca para saludar a Campos. Al llegar me encontré con un local apagado, muerto. En la puerta tenía un anuncio estampado que decía que había sido clausurada por regulaciones federales. Crucé la pista y me acerqué a la anfitriona de uno de los bares del frente; le pregunté si sabía qué había pasado. Se los llevaron a todos, dijo. Una de las noches de poesía, se estacionaron un par de camionetas blancas a la mitad de la calle y se bajaron varios hombres uniformados; eran de la migra. Entraron a La Tasca y empezaron a sacarlos a todos esposados y a llenar las camionetas.

No esperaba escuchar algo así, solo la miré y le pregunté si se habían llevado al poeta. Ella no trabajó ese día, no había visto a quiénes se habían llevado. Sabía, sí, que habían cargado prácticamente a todos los meseros, cocineros, gente del público, e incluso al manager Harry. Ah, carajo, no tenía idea de eso, dije. Sí, es que ya se estaba armando mucho problema ahí en esa esquina de Washington con las puticas esas que venían a pararse todas las noches y además con los traquetos y los gangeros, uy, no. La policía, la migra, andaban rondando de encubiertos. Bobos no eran. Se veía venir. Pero acá también se pasa bueno, ¿por qué no entra?, hoy tenemos especial de rock en español y cerveza a dos por uno. No, gracias;

la verdad, andaba buscando al poeta. Qué pesar, ¿eran amigos? Nos conocíamos. Ah, ok, pues sí, qué pesar, y lo llena que andaba La Tasca en las noches de poesía. ¿Se estaba llenando mucho? Uy, *full*, había hasta gente que se quedaba sin entrar. Bueno, si te enteras de algo más y me ves por acá en estos días, me cuentas. Seguro, amigo. Hasta luego. Vea, llévese un *flyer* de nuestros especiales para cuando se anime. Gracias.

En mi casa, sentado en el suelo de mi cuarto, recostado contra la cama, tomando unas Heineken, busqué en internet las noticias de algunos días atrás en South Beach. El jueves veintiséis de octubre, aproximadamente a las 10:30 de la noche, un operativo de la policía local y Homeland Security había allanado la esquina de Española Way y Washington Avenue. Y entonces pensé mucho en Campos, en su cuaderno tachoneado, en sus versos, en su chaqueta de tweed, en su saco marrón. ¿Dónde mierda estaría, preso o ya deportado?

A partir del día siguiente, al salir de Pegasus, fui a comer al Ilusiones varias veces, caminé la Washington Avenue, entré en el cyber y hasta subí al segundo piso, y pasé por todos los bares y restaurantes de Española a ver si me cruzaba con Campos, pero nada, todo hacía parecer que también lo habían subido a las camionetas blancas…

Mis idas al Ilusiones terminaron en esos días. Me ofrecieron trabajar *overtime* en Pegasus y acepté: necesitaba dinero para matricularme en clases de inglés si quería salir de esa trastienda calenturienta algún día. Llevo ya varios meses de *Package Verificator*, trabajando *shifts* desde las ocho de la mañana, hasta las ocho o nueve de la noche; solo me queda tiempo para llegar a mi casa, ducharme y dejarme caer en la cama. Ayer batí record, trabajé de ocho de la mañana a once de la noche. Esto es así cuando se acercan las *Christmas*, dijo David al entrar con los últimos paquetes. Qué locura, carajo. Yes, sir. Eran cuatro paquetes, y uno saldría hacia Tamaulipas, remitido por Elías Navarro, desde una dirección de Miami Beach. Era la primera vez, desde que Campos había desaparecido, que me topaba con el nombre de su ciudad. Leí y releí la dirección de destino y por mi cabeza desfilaron imágenes de Campos con su chaqueta de tweed, su cesta, su cuaderno, «La noche de poesía y rosas», el Ilusiones. ¿Qué habría sido del poeta? El paquete estaba bien sellado, así que escribí OK y lo dejé en la bandeja de salida.

La señorita rocanrol

Dio un último sorbo a su Heineken. Dejó un billete de veinte sobre la mesa. En la libreta anotó: «Todo lo demás también, Andrés Calamaro, Sushi Express, South Beach, última noche en South Beach». Miró su reloj: eran ya casi las cinco de la mañana. En una hora tenía que estar en el aeropuerto. Debía ir a su casa a esperar al Shuttle…

1

No seas cojuda, te vas a pasar la vida en esa pocilga, vete, le decía Paola cada vez que Andrea la llamaba por teléfono cuando estaba aburrida en Verona. Tenía la visa, hablaba inglés, que aprovechara. Vendiendo zapatos en el huecucho ese jamás iba a llegar a ningún lado. Las nueve horas que pasaba entre esos anaqueles de madera, donde reposaban cientos de zapatos, le estaban oxidando las neuronas. Hasta el dueño, el señor

Rivarola, un hombre ya mayor que cuando hablaba le hacía recordar a los sacerdotes de su colegio, la animaba para que buscara su camino fuera. Tenía que irse, era joven, buenamoza.

En las mañanas, camino a Verona, por la avenida La Mar, el eco de las voces de Rivarola y Paola retumbaba en su cabeza. Entonces encendía el ipod y todo parecía una película de cine latino de bajo presupuesto, decadente, sin final feliz, pero con buen *soundtrack*: las puertas de fierro de los talleres cerrados, los perros olisqueando los zapatos de los niños que iban de la mano de su mamá al colegio, el panadero, el periodiquero, el manto color rata que encapota el cielo limeño a esa hora. Rivarola y Paola tenían razón: debía irse.

Por la tarde, cerca de las seis, de regreso, cuando ya los talleres dejaban ver sus paredes de ladrillo rojo desnudo y sus suelos ennegrecidos de gasolina y aceite, y niños de rodillas amoratadas jugaban a la pelota mientras pasaba uno y otro carro, y a ella solo la esperaba la guitarra en el cuartito frente al mercado, las voces en off de Paola y Rivarola insistían.

El día en que tomó la decisión fue un miércoles. Lo tenía libre. Fue a Verona temprano, cerca de las diez de la mañana. Rivarola estaba con los ojos hundidos en las losetas blancas y negras del suelo, que formaban rombos, y de fondo, unos parlantes cansados susurraban una canción de Mocedades. Le pareció que a Rivarola se le iluminó la mirada al escucharla. Era como si el viejo zapatero tuviera sentimientos encontrados. Nostalgia, alegría, y por qué no, un poco de envidia también por ella que podía partir, buscarse una nueva vida. Muy bien, muy bien, buenamoza. Que le diera hasta el viernes para pagarle su liquidación.

—¡Me voy, huevona! —saliendo llamó a Paola.

—¡Aleluya, cojuda, por fin! Vente a mi casa al toque para que me cuentes.

2

El último fin de semana de Andrea en Lima, Paola organizó una guitarreada en el techo. De esas en la azotea de su edificio, El Triana, que tantas veces había organizado con los del Instituto de Idiomas y los de la cuadra. Quitó la ropa tendida de los cordeles y colgó fotos de ellas, de Andrea y Davo, de Andrea y Pacucho, con todos, hasta con Rivarola; entre los dos tanques de agua acomodó una silla y la guitarra, y además, puso una mesa cubierta por un mantel a cuadros rojo y blanco, rodeada de sillas de mimbre, dispuesta con una cacerola de arroz con pollo y botellas de cerveza.

—Pucha, oye, está buenazo, ¿quién cocinó?

—Mi viejita.

—Manya, ah, la rompe la tía.

—Claaaaaro.

—A ver, pásame la cebollita.

Al terminar de comer, Andrea se colgó la guitarra. Tocó varias canciones de Calamaro, Sui Generis, Fito, y fijando la mirada en las masas de concreto gris que se levantaban hacia el centro de Lima, cerró con «Donde manda marinero no manda capitán», de Calamaro.

—¿Y a dónde llegas allá en Miami, huevona, tienes algo de familia?

—No, nada, no tengo nada. Llego a Miami Beach, ahí llega todo el mundo, ya averigüé. Es la zona de los turistas, los restaurantes, las tiendas caras. La huevada es solo llegar y salir a caminar por las calles a buscar chamba.

—Ah, manya, no jodas. Bueno, loquita, cuídate pues oye, escribe, ah, no te pierdas.

—Nica, de mí no se deshacen fácil.

—Esperamos, esperamos. Bueno, despídenos de Pao, que creo que ha bajado un toque al ñoba.

3

El vuelo 321 de Taca anunció la llegada al Miami International Airport. Los pasajeros estiraron los brazos, bostezaron, se levantaron de sus asientos, abrieron los compartimentos superiores para sacar el equipaje. Andrea se puso la mochila en los hombros, encendió el ipod, en su libreta anotó: «Calamaro, Media Verónica, Miami, aterricé», y la guardó. En la puerta, una aeromoza de sonrisa interminable le dio las gracias y le dijo *Welcome to Miami*.

El aeropuerto olía a caja de Nintendo por dentro. El tapete azul revelaba el ir y venir de los viajantes arrastrando maletas. En las paredes colgaban carteles de playas con arena blanca y mar turquesa, de mujeres empinando copas de martini, de edificios color aguamarina encerrando el océano calmo de una bahía. Carteles y carteles que desembocaban en un hormiguero de personas a la espera de ser atendidas por los oficiales de control migratorio.

A Andrea le tocó pararse detrás de un hombre que parecía Papa Noel vestido con camisa floreada y bermudas color verde olivo. Luego de escuchar tres o cuatro canciones en su ipod, el oficial de inmigración le hizo un gesto para que se acercara.

—*Reason of your trip.*

—*Vacations.*

—*Where are you staying?*

—*South Beach* —dijo, y le mostró la dirección del hostal, que tenía impresa en el papel de la reserva.

—*Ok, enjoy.*

Al salir del hormiguero, encendió el ipod y siguió los anuncios de *Luggage*. Después, cuando recogió su equipaje, los de *Exit*.

Afuera, se acercó a uno de los taxis amarillos que esperaban alineados para recoger pasajeros y le mostró al chofer la dirección del hostal.

—*Alright, missy.*

4

El chico de la recepción jugaba solitario con su iphone. Sin desviar la mirada le preguntó por su nombre y la información de reserva. Andrea respondió y le dio el papel. El chico puso el juego en *pause* y tecleó en la computadora.

—*All the way down. Last door to the left* —y descolgó la llave de un tablero de madera que había detrás de él.

La habitación era poco más grande que un baño público portátil. Las paredes, blanco humo; la cama, envuelta por una cobija anaranjada; y al lado, la mesita de noche. Dejó la maleta en el suelo, sin abrir, y se acostó.

En el techo giraba un ventilador de hélice, bastante lento. Encendió el ipod y en su libreta anotó: «Fito, Tumbas de la gloria, Miami, hostal». Se cubrió la cara con el brazo y cerró los ojos. Estuvo así más o menos media hora. Luego se levantó: tenía algo de hambre y quería una computadora para escribirle a Paola.

A un par de cuadras, le dijo el chico de la recepción, en la Alton, había un McDonalds. Y en el hostal no tenían computadoras para los huéspedes, pero había un *Kinko's next to the Mc Donalds*. Ahí podía alquilar computadora con internet.

Una brisa tibia acariciaba las palmeras. Las aceras eran rojas y lisas, sin promesas de amor grabadas ni cagadas de perro, como las que estaba acostumbrada a caminar en Lima. «Soda, "Hombre al agua", Miami Beach, South Beach, calles de South Beach», anotó. Al llegar a Alton vio, del otro lado de la pista, el Mc Donalds, y un poco más allá, el Kinko's. Primero escribía y luego comía.

From: andreasecagaysemea@hotmail.com
To: paulalalocasinjaula@hotmail.com
Subjetc: acá, miami
pao:
llegué hace un rato. el vuelo, el telo, todo bien. mañana arranco a buscar chamba. bueno, este internet cuesta un egg de plata. salúdame a la gente… te escribo al toque q tenga novelas. A.

También aprovechó para entrar a su cuenta de banco y ver cómo andaba de plata. Tendría que hacer números más tarde.

En la puerta, saliendo, vio una canastilla con diarios que decía *FREE, grab one.* Cogió uno de anuncios clasificados. Se lo puso bajo el brazo.

En el McDonalds pidió una *double cheese* con papitas y se sentó en una de las mesas que daban a Alton Road. Afuera, las bicicletas iban y venían de uno y otro lado de la pista, hombres de cabello cortito caminaban de la mano y mujeres de traseros *king size* paseaban a sus perritos.

Mientras le bajaba un poco la comida, hojeó el diario. No cabía un solo anuncio más de empleos y ofertas. Le llamó la atención el de la tienda de instrumentos musicales de los hermanos Falcón: «Hermanos Falcón, instrumentos musicales para toda ocasión. No te pierdas el gran remate de guitarras nicaragüenses y guatemaltecas». Jamás había visto una guitarra de ninguno de esos países, pero igual hizo un círculo en el clasificado.

Después de comer, caminó hacia el hostal: quería acostarse para salir al día siguiente temprano a buscar trabajo.

En el Front Desk le preguntó al chico, que comía un *meat balls* marinara sándwich del *Subway*, si conocía la tienda de instrumentos de los hermanos Falcón.

—*I dunno* —dijo, con la boca abierta, llena de trozos de carne molida.

5

Desde el día siguiente a su llegada, Andrea entró en restaurantes, bares, tiendas y cafeterías que iba encontrando con el anuncio de *Help Wanted* estampado en la puerta.

En algunos lugares le daban un *Employment Application Form* para que lo llenara, que cualquier cosa ya la llamarían. En otros, primero le pedían su *Authorization for Employment Card and Social Security*. No tenía. *Sorry, we can't hire you.* Pasó la primera semana, o quizás diez días, no recuerda bien, y en la taquería La Chismosa, de Washington Avenue, un hombre de bigote tupido y gorrita de los Red Sox solo le preguntó si conocía bien South Beach, porque necesitaba, urgente, alguien para que hiciera los *deliveries* en bicicleta: se les acababa de ir el chamaco que los hacía.

Sí, claro que sí, dijo Andrea. Pues hágalo entonces, dijo el hombre y la llevó hasta el mostrador, donde había una orden de comida dentro de una bolsa blanca. Estos taquitos «Al pastor» son para el señor Medina, siempre pide lo mismo. Es rete buena onda el míster, pero hay que atenderlo bien. Tienen que llegarle calientes, con piña y salsita verde. Es acá cerca, ahí está anotada la dirección en el ticket. Ya cuando regreses hablamos lo de la paga, ¿de acuerdo? Ok, dijo Andrea, estaba bien.

El hombre le dijo que la siguiera. Salieron de la taquería y la llevó al *alley*. Encadenada a un poste había una bicicleta pintada con los colores de la bandera mexicana, dos cuernos en el timón, y entre los cuernos, un radiocasete amarrado con alambres. El hombre hundió el botón de *play* y empezó a sonar «La Bikina», de Luis Miguel. A este aparatejo tienes que hacerlo sonar cada vez que llegues a hacer un *delivery* para anunciarte.

Cuando Andrea se sentó en la bicicleta, el hombre le dio la orden de comida y le dijo que era Cabalito, que mucho gusto. ¿Cabalito? Así mero. Yo soy Andrea.

Pedaleó una cuadra y dobló en la calle que atravesaba la Washington, paró y sacó su libreta: «Calamaro, "Sin documentos", Miami, Mi primer trabajo». No tengo ni puta idea de hacia dónde estoy pedaleando. Se supone que acabo de decirle a Cabalito que conozco bien South Beach, pero no sé dónde estoy parada.

6

From: andreasecagaysemea@hotmail.com
To: paulalalocasinjaula@hotmail.com
Subjetc: Acá, Miami (2)
pao:
hace unas semanas que conseguí chamba en un taquería. hago los deliveries. no he tenido día libre. estoy trabajando 12 hrs diarias. no tengo tiempo ni para tirarme un pedo. es temporada alta. esto se ha llenado de turistas y gringos huevones que vienen a tomar cerveza, gritar uh, uh, uh y eructar. La próxima semana dejo el hostal. me mudo en mi día libre. he alquilado un studio. esta zona es alucinante porque es la zonaja donde se mueven las banditas de rock locales. claro que no conozco a nadie. bueno, amiga, debo ir a lavar ropa, no tengo ni un calzón para ponerme mañana. ya tengo celu: 786 266 0111. poco a poco vendrán la compu y la guitarra —está buenaza, es guatemalteca—. espera pronto más noticias mías. Muaks muaks pa todos A.

7

Andrea se encontró con el *landlord* en la puerta del estudio. Le entregó el dinero del depósito y el mes adelantado en dos fajos. Él prefería así: *cash*. Siempre quería que le diera la guita en la mano. Contó los billetes, estaba todo bien. Él vivía en South Carolina, aunque cada fin de mes viajaba a Miami para ver algunos asuntos de negocio, así que la llamaría para ponerse de acuerdo y ver cómo harían para que le pagara. Sacó las llaves del bolsillo, se las entregó y le dijo que el anterior inquilino había dejado un colchón casi nuevo tirado en el suelo, que lo mirara, y si quería lo use, ahí lo dejaba. Para que le conectaran el internet tenía que llamar «aquí» y para el cable «allá». Y a un par de cuadras había un *laundry* bien económico.

Andrea revisó el colchón, se sentó en él y lo olió, no estaba mal. Antes de ponerse a limpiar y organizar fue a la tienda de los hermanos Falcón. Aún tenían colgada la guitarra guatemalteca que había visto días atrás. Es una Macera, dijo el dependiente, lo mejorcito en guitarras guates.

Le tomó tres horas sacarle brillo al estudio. En lo que más tardó fue en el baño: ¿quién se habría sentado a cagar en ese trono? Qué asco. Tenía que dejarlo brillante. Al terminar se quitó el *jean* y los zapatos, puso las sábanas en el colchón y se sentó con la Macera. Estación. Sui Generis. Miami. Mi primera casa. Anotó: «Todos sabemos que fue un verano descalzo y rubio, que arrastraba entre sus pies, gotas claras de mar oscuro…». Siguió con Botas locas, Aprendizaje, Necesito…

Cabalito le preguntó qué tal el estudio. Súper, dijo ella, y le enseñó unas fotos que había tomado con su celular. Pues qué chingón, ¡con guitarra y todo! ¿A poco eres guitarrista? Me encanta tocar, toda la vida he tocado. ¿Baladitas? No pues, más que nada rock. Así que eres rocanrolera, qué chido. Entonces Cabalito dijo que parecía que le estaban poniendo a los artistas en el camino. Hasta hacía poco andaba rondando por ahí, en las nochecitas, un poeta compatriota suyo, pero de Tamaulipas. Ya más o menos que se habían hecho cuates. Se sentaba a comer un par de taquitos, revisaba sus notas, su cuaderno, tomaba una cerveza y se iba a Española Way, a vender rosas en los bares y recitar poemas a quienes le compraran. Aunque de buenas a primeras había desaparecido. Las malas lenguas decían que se lo habían levantado en la redada que hizo inmigración hacía unos días en la esquina de Española y Washington Avenue. Ah, no tenía idea de la redada. ¿No? Pues estuvo de madre. Es que esa esquina ya llevaba buen tiempo que se había puesto bien movidita. Parecía un panal de putas y corría mucha droga, sobre todo mucho perico, vendían perico que daba miedo. Por eso que los camioncitos blancos de la migra y las patrullas de la policía la atajaron por sus cuatro costados. Incluso entraron a la misma Española y levantaron todo lo que pudieron. Cerraron restaurantes, bares, estuvo fuerte.

Pero bueno, bueno, bueno, «señorita rocanrol», no nos desviemos que acá hay una orden de fajitas de carne para llevar al bar Al Capone. Es para Vic, el administrador, un gringo bien padre. Pero a este no le pongas salsita picante porque luego llama a decir que la comida le ha dado pedorrera. Ponle solo pico de gallo.

El Al Capone quedaba en la misma Washington Avenue; Andrea había pasado por ahí varias veces. Al llegar —a esa hora el bar estaba cerrado— encendió la radio en La Bikina y golpeó la puerta. *Come in*, dijeron desde dentro. Las mesas, con las sillas volteadas encima, encerraban un cuadrilátero en el que por las noches se aglutinaban las personas. Frente a una pared roja, en la que lucía una caricatura de Al Capone, había un tabladillo donde reposaban una guitarra, una batería, un micrófono y un riachuelo de cables negros surcando entre ellos. Un sujeto con gorrita de los Boston Red Sox, sentado atrás de la barra, sacaba las cuentas con su calculadora y un cuaderno.

Andrea se acercó. *Wasup, are you the new one at La Chismosa? Yes, I am. Nice to meet you, I'm Vic*, y estitró la mano. Entendía español, dijo, pero prefería hablar en inglés, *his spanish was* mucho malo cuando hablar. *Nice to meet you too*, dijo Andrea, y sonrió. Mientras revisaba su pedido, Vic le preguntó cuánto tiempo llevaba en La Chismosa. Varias semanas. Él siempre pedía comida ahí, pero había estado en Seattle visitando a su familia, seguro por eso no la había conocido antes. Sacó un billete de veinte dólares de la registradora y le dijo que se quedara con el cambio. Andrea le dio las gracias. *No, my friend, thank you, and please* saluda a Cabalito, y apuntó con el dedo el escudo de los Red Sox de su gorrita.

Bye.

En La Chismosa, mientras cuadraban las cuentas de los *deliveries* del día, cabalito le preguntó a Andrea cómo le había ido con el gringo. Le fue muy bien, hasta le dio ocho dólares de propina. Ah, así es ese gringo, jamás pide el cambio. Es bien buena onda. Bueno, ándele ya, rocanrol, ya estuvo bueno por hoy.

Al día siguiente Vic volvió a ordenar fajitas. Andrea llegó al Al Capone, y él, con su gorrita de los Boston Red Sox, otra vez sacaba cuentas detrás de la barra. *Hey, my friend, wasup*, dijo cuando la vio. Andrea dejó la bolsa con comida sobre la barra y se quedó mirando hacia el tabladillo: la guitarra en el suelo, botellas de agua vacías entre los cables, papelitos, cigarros pisoteados. *We had a band yesterday.* ¿Qué tipo de banda? *Rock band.* ¿En serio? *Yeah, u like music? Rock?* Me encanta, dijo, incluso toco la guitarra. Rock en español, sobre todo, aunque también sabía algo de bandas y cantantes en inglés. *That's cool*, dijo Vic, a él le encantaba Nirvana, Cobain había sido de su misma ciudad. A Andrea también le gustaba Nirvana, tocaba «Penny Royal Tea» y «Come As You Are». El Unplugged le parecía buenísimo. ¿Y REM? Claro que le gustaba, pero no sabía ni una de ellas. ¿Stone Temple Pilots? No, nada, esos eran aburridos, prefería Chilli Peppers. Y así siguieron hablando un rato más hasta que Vic le entregó, igual que el día anterior, un billete de veinte y le dijo que se quedara con el cambio. *Say hi to my friend* el Arañas, dijo Vic cuando ya Andrea casi salía del bar, y se sacó y se puso el gorrito de los Red Sox.

Andrea le contó al Cabalito que había estado conversando con Vic un rato y que no tenía idea de que ahí hacían conciertos de rock. Claro, dijo Cabalito, eran buenísimos, él caía por ahí una o dos veces por semana mínimo. ¿En serio? En serio, en serio, ya le diría uno de esos días para ir. Listo, dijo Andrea y se despidió, ya no había más por hacer en la taquería.

En las órdenes de almuerzo del día siguiente, había una de fajitas para Vic. Te dije que este gringo pedía y pedía, dijo Cabalito mientras se organizaban. Mándale mis saludos y dile que le caigo este *weekend* para tomar unas chelas.

En el Al Capone, el tabladillo otra vez estaba desordenado. *This shit was crazy last night.* A Vic no le estaba alcanzando el tiempo para atender bien al bar. Por la noche solo trabajaban él y la *bartender*. Con los conciertos todos los días se estaba llenando el local. Si conocía a alguien a quien le pudiera interesar trabajar como su ayudante, se lo recomendara. Diez la hora más un porcentaje de los tips de la noche. Era urgente.

Esa misma tarde, cuando Andrea salió del trabajo en La Chismosa, pasó por el Al Capone y le dijo a Vic que ya había conseguido a la persona que estaba buscando.

8

Tenía que repartir *flyers* en la esquina de la Washington con la 16th Street, cartulinitas de colores que anunciaban los conciertos, le escribió a Paola en un mail. De miércoles a domingo se paraba todas las tardes con el ipod en los oídos y le entregaba un flyer a quien pasara a su lado. Algunos ni volteaban a mirarla, otros lo arrugaban y lo tiraban al piso. Era divertido, le pagaban por escuchar música paradota en la calle. Lo único malo era el calor, insoportable. Llevaba una camiseta para cambiarse porque siempre terminaba empapada de sudor. Lo que más la tenía impresionada era la gente locaza que andaba por las calles de South Beach, hasta un tipo que paseaba un gallo en vez de un perro. Era inexplicable...

Así pasó varios meses, al acecho de personas que pasaran a su lado para estirarles el brazo, hasta que un día Vic destapó dos Heineken, le dio una, se acodó en la barra y le dijo que quería alguien que se ocupara de los conciertos, de organizarlos completamente: conectar y desconectar amplificadores, limpiar instrumentos y regular el volumen de los micrófonos, atender a las bandas cuando estuvieran en el local. Además, tenía entendido que la calle se estaba poniendo fea otra vez. Las cosas se habían calmado desde la redada de la migra un tiempo atrás, pero sabía que *Miami Gangsta was coming back, and it was not safe for her to be out there. Think about it, my friend, take your time. If you are interested, it is for you.* Andrea no tenía nada que pensar.

Se tomó la tarde libre y en Ross compró *jeans*, unas Converse rojas y otras negras, y varias camisetas. Necesitaba algo de ropa para empezar bien. Y, sobre todo, guitarrear hasta el cansancio con la Macera.

9

Lo más aburrido de su nuevo trabajo, le contó por mail a Paola, era recibir a las bandas, cambiarles la botella de agua a los cantantes cuando se la terminaban, limpiar y ordenar el tabladillo y los instrumentos para dejarlos listos para el día siguiente. Y lo que más le gustaba era contactar con las bandas para invitarlas a tocar. Solo le daba a Vic, cada quince o veinte días, un papel con los nombres y los días en que tocarían para que estuviera al tanto. De hecho, así era como había empezado a conocer a gente del entorno musical, se estaba relacionando *full*. Le estaba yendo muy bien con los conciertos. Ya se había encargado de varios y cada vez se llenaban más. Sobre todo cuando tocaba Pistolas Rosadas. Todo el mundo moría por ellos

porque tocaban covers de Los Fabulosos Cadillacs, The
Clash, Concrete Blonde. Hasta Cabalito —el mexicano
de la taquería— era fijo en esos conciertos. Ya había hecho su grupito con él, con Vic, con Nata, la cantante de
Pistolas. Ah, y a ella le decían la señorita rocanrol.

10

Al terminar un concierto, Vic y Cabalito se pusieron a
ver la repetición de un juego de los Red Sox y Andrea y
Nata se quedaron en la barra conversando. ¿Por qué no
organizaban un concierto grande?, dijo Nata. Un festival de rock, esto lo tenés cada vez más lleno cuando ha-
cés un concierto, boluda. No está mal, ¿sabes? No, para
nada, pensalo.

Andrea le dio vueltas a la idea varios días. Estuvo
piensa y piensa, hasta que le propuso a Vic organizar
el «Sobe Rocks». Un evento de todo un fin de semana,
abriendo más temprano esos días, a las cuatro o cinco de
la tarde, invitando a los medios de prensa. A Vic le gus-
tó la propuesta, pero le dijo que ella hiciera todo: era su
evento, que lo organizara como mejor le pareciera.

—*Ok, my friend*, déjalo en mis manos.

Fueron catorce las bandas invitadas al «Sobe Rocks».
Participaron bandas no solo de South Beach, sino también de varios lugares más de la ciudad. El Al Capone
abrió esos días de cinco de la tarde a cinco de la mañana.
Cabalito tuvo que pararse tras la barra junto a Vic para
que no se acumularan las órdenes. Pistolas Rosadas cerró
las dos noches del festival. La cobertura de prensa estuvo
a cargo de la revista *Sub-Urbano*.

El lunes, después del festival, Vic le dijo a Andrea que, desde ese día, oficialmente era su *Concert and Events Manager*.

11

El «Sobe Rocks» se organizó dos años seguidos con el mismo éxito. Cuando se acercaba la época de preparar el tercero, Vic dijo que había que organizar algo más grande. Invitar, quizá, a bandas de otros estados. Que no se preocupara, dijo Andrea, armaría algo súper bueno. Pero que, por favor, antes le diera unos días de vacaciones. No había parado de trabajar desde que llegó del Perú. Necesitaba «tomar un poco de aire» antes de arrancar con el siguiente festival.

—*Of course, my friend, you can start tomorrow, if you wish.*

—Mejor desde el lunes.

—*Ok. How many days u need?*

—*One week is fine.*

—*Alright.*

12

Andrea compró comida para cocinar todos los días, helados, y rentó las dos primeras temporadas de *Lost*. Ordenaría su clóset, daría una buena limpiada al estudio, leería las libretas donde había anotado cosas desde que se fue de Lima hasta sus primeros meses en Miami, y le sacaría el jugo a la Macera. Eso era lo que quería hacer, nada más. Durante una semana prácticamente no se quitó la pijama. El último día abrió el buzón de la correspondencia: llevaba varios días sin revisarlo. Antes de meterse en la ducha, se sentó en la cama a abrir los sobres y a separar los cupones de descuento de Papa John's y Dominos para sus pizzas. Uno de los sobres tenía un grabado medio extraño y decía que el contenido era confidencial. Lo abrió. Era el departamento de Homeland Security: estaba investigando el estatus de todas las personas que habían ingresado a Estados Unidos en los últimos cinco años. Habían detectado que Andrea ingresó al país el día catorce de abril de dos mil siete y había permanecido en él desde entonces, con una visa expirada de turista. Si para cuando leyera esa carta su estatus migratorio había cambiado o se trataba de un error, que, por favor, ignorara esas líneas. Si no, desde el día de la fecha de la carta, tenía treinta días para abandonar el país.

Se quedó mirando un rato las letras en el papel, rozándole los bordes con los dedos, y luego lo puso sobre su mesa de noche.

13

—*Ridiculous, you gotta be kidding me!* —le dijo Vic, sorprendido, cuando Andrea le explicó repentinamente que había decidido irse de Miami.

—Quiero regresar a mi país, *my friend* —dijo Andrea, ya muchos años en Miami, necesitaba un cambio.

—*Do you need more vacations?*

—No, *my friend*, me voy en dos semanas.

A Paola le escribió un e-mail diciendo que ya habían pasado muchos años y aún extrañaba, que había ahorrado buena plata, por eso se regresaba. Y ya tenía buenos contactos en South Beach por si acaso decidía volver.

14

Para despedir a Andrea Vic organizó un concierto con Pistolas Rosadas en el bar. La banda tocó más de dos horas. Además de cantar todos sus covers clásicos y las canciones de su álbum nuevo, Lado A, Nata cantó una versión de «El genio del dub», de Los fabulosos Cadillacs, en *Andrea's version*: «La genia del pub». A mitad de la canción, Nata se quitó la chaquetita de *jean* y se la lanzó a Andrea. Debajo llevaba puesta una camiseta con una foto estampada de Andrea, Vic, Cabalito y la banda, que habían tomado en el primer «Sobe Rocks».

Cuando Nata bajó del escenario, Vic, que había estado atrás de la barra toda la noche, preguntó por Andrea: era hora del *open bar*. Cabalito no sabía dónde estaba y Nata dijo que, desde el tabladillo, la vio ir hacia el baño en la última canción.

Diez, doce, quince minutos, ¿y Andrea?…

Andrea caminaba hacia su estudio, con las manos en los bolsillos, mirando el chorro melón que derramaban los postes sobre los carros, sobre las casas y el asfalto, y repasando, otra vez, las imágenes de esa película de cine latinoamericano con buen *soundtrack*, pero que nunca tiene un final feliz.

Cuestión de esperar

A Pilar

La noche en que conocí a Lizárraga, leía acodado en la barra del Zeke's y él, un poco más allá, tomaba una Quilmes. En aquel entonces me encontraba enfrascado en el *Rayuela* de Cortázar. Ni bien salía del trabajo en la agencia de envíos, apuraba hacia mi casa para revisar mails, prepararme un sándwich, encender la cafetera y meterme a la ducha. En no más de media hora estaba comido, bañado, *empijamado*, con café y libro en mano. Luego me perdía en el mítico París de *Rayuela*. Era uno más del Club de la Serpiente. A veces, cuando estaba cansado y sabía que a la tercera página me quedaría dormido, iba con mi libro al Zeke's a leer. Una de esas noches conocí a Lizárraga. Debió de haber sido lunes o martes, por eso no había más de cuatro cristianos, con los ojos puestos en el televisor que estaba sobre la nevera de las cervezas, siguiendo un programa de goles del mundial de Sudáfrica, que había terminado unos días antes.

Pedí una Heineken y abrí *Rayuela*. Oliveira era el personaje con el que más me había encariñado. Incluso, hasta hoy, pienso que si fuera un personaje de ficción, habría querido ser Oliveira. Oliveira y su trapo rojo. Oliveira caminando por una *rue* del Latin Quartier. Oliveira parado en un muelle del Sena, con la mirada perdida en el manto color ceniza que encapota París.

De pronto, alguien de los que estaba por ahí preguntó: ¿te gusta el fútbol? Levanté la cabeza, pues fue en tono un poco alto y me sacó de la lectura. Miré hacia donde estaban sentados los demás y advertí que ya no quedaba nadie, solo un sujeto frente a una botella de Quilmes que me miraba. No tuve claro que la pregunta fuera para mí —pero tenía que ser: solo estábamos él y yo— y dije que sí, titubeante. Sin mayor trámite empezó a hablar del fracaso de Maradona como entrenador de la selección argentina. Nunca había sentido tanta vergüenza como cuando Alemania los echó de esa manera de Sudáfrica, por goleada, cuatro a cero. Y tantas ilusiones que había. Le daba pena por Carlitos Tévez, por Messi, ellos estaban en su mejor momento, pero Alemania los aplastó.

Luego se levantó y vino a sentarse cerca de mí. Quería ver mi libro; dijo que a él también le gustaba leer. Ah, Cortázar, mirá tú, qué lindo, pero él prefería sus cuentos a las novelas. «La noche boca arriba» era un lujazo. Yo aún no había leído ese cuento. En realidad, no había leído ningún cuento de Cortázar, *Rayuela* era mi primer libro suyo. Tenía que leer ese cuento, dijo, toda la colección completa de sus cuentos debía leer. Cortázar le gustaba más que Borges. A mí también, dije, lo que había leído de Borges se me hacía un poco aburrido. Que no te escuche ningún argentino, che, y se rio. ¿Vos de dónde sos? Peruano. Ah, vargasllosiano, bryciano, vallejiano, unos grandes, aunque tu fútbol es una mierda. Que no te escuche ningún peruano, dije. Nos reímos. Era un poco tarde, así que, unos minutos después, le dije que me tenía que ir, había sido un gusto conocerlo.

—Nos vemos, peruano.

A los pocos días volvimos a coincidir. Cuando llegué al Zeke's, Lizárraga ya estaba ahí, en la barra con su Quilmes. Al verme señaló una silla disponible. «La noche boca arriba», dijo. ¿Lo leíste ya, peruano? No. Aún seguía con *Rayuela*, lo tenía en mi mochila, conmigo.

Pedí una Heineken y me senté junto a él.

Empinando su botella, Lizárraga dijo que estaba de aniversario. Parecía mentira que ya llevara un año viviendo en Miami. Entonces contó de aquel día en que consiguió trabajo en el Bella Napolitana. Tenía pocos días en tierra gringa, muy pocos. Fue una mañana en que la lluvia bañaba las aceras rojas de South Beach y él caminaba por Washington Avenue con un *Employment Guide*. Cuando entró en el restaurante, un hombre vestido con saco blanco, camisa negra y corbata también blanca le dijo *benvenuti* y lo invitó a sentarse en una de las mesas dispuestas para la clientela. Lizárraga se excusó, algo avergonzado, en realidad estaba ahí por el trabajo, y le mostró el aviso del *Employment Guide*. El hombre dijo *oh, ok, I'm the Manager*, el nombre mío es Sabino, y le hizo un gesto con la mano para que lo siguiera. Atravesaron un pasillo de luz tenue, con cajas de

Coca-Cola, Sprite, Heineken, y Corona, apiladas contra la pared hasta que llegaron a una puerta marrón que Sabino empujó con el pie.

Un olor a orégano tostado flotaba en la cocina del Bella Napolitana. Sobre los sombreros de los cocineros caían chorros amarillentos de los tubos fluorescentes colgados del techo. Otros, uniformados de negro, picaban verduras o las lavaban. Sabino señaló una esquina donde se levantaban torres de platos, ollas, cubiertos sucios. Esa es tu base, chico, la primera base. *Fivetwenty* la hora. Si eres buen jugador, *you know*, puedes pasar a segunda o tercera base, y señaló a los uniformados y a los cocineros, todos ellos habían empezado igual. Incluso mírame a mí, yo hice *Home Run*. Esa misma mañana Lizárraga remojaba los trastes en agua con detergente de aroma a limón.

Era una barbaridad cómo volaba el tiempo, ¿verdad? Ah, sí, terrible, dije. ¿Y vos, cuánto llevás en Miami? Ya me iba para los cuatro, respondí. ¿Laburo? Una agencia de envíos en la Alton Rd. De envíos a Sudamérica. ¿La Pegasus? Sí, esa misma. La conozco, boludo, queda cerca del Bella Napolitana, pero tienen tarifas muy caras. Solo una vez quise mandar un paquete a Buenos Aires y salí disparado después que lo pesaron y dijeron cuánto costaba.

Nuestras botellas estaban vacías hacía un buen rato. Ninguno quiso pedir más, al día siguiente había que madrugar. Pusimos un par de billetes de cinco sobre la barra, me colgué la mochila y nos levantamos. En la puerta dijo que no me había dejado leer nada, que a él había que callarlo, si no, no paraba de hablar. Cuando nos despedimos resultó que íbamos en el mismo sentido, vivía camino a mi casa.

Bajamos hasta la Washington y Lizárraga comentó que en uno de los bares del otro lado de la calle se estaban organizando unos conciertos bastante simpáticos. Había una banda, Pistolas Rosadas, que tocaba canciones de los Cadillacs, de Soda, de Calamaro. Estaba rebueno el ambiente por ahí, había ido un par de veces. De hecho hacía unos días habían armado un festival de rock que había durado todo un fin de semana. Él no había ido, mucho alboroto, él estaba más para sentarse en las barras, pero varios compañeros del restaurante habían dicho que el festival fue un éxito. Capaz que uno de estos días se animaban y daban una vuelta por ese bar. Por supuesto, le dije, me parece. Llevaba tiempo sin escuchar buena música, sin ir a un buen concierto. Ah, entonces te va a encantar, dale, ni bien sepa que vienen los Pistolas te aviso. Luego, cuando pasamos por la esquina de Washington y Española, dijo que estábamos «en el área chica», aunque ya todo estaba un poco más calmado desde el otro día que la policía y la migra habían puesto orden. Pero que antes de eso era todo un tema pasar por ahí: mucha merca, mucha puta, mucho quilombo. Él pasaba seguido porque le quedaba en el camino. Y siempre la misma puta se le acercaba, parecía que lo hacía por joder la paciencia. Era un putón, una cosa bárbara, bucles dorados, botas de cuero negro, una bocota colorada, un escote que mejor no llamarlo escote. Otra vez por acá, papichulo, le decía cuando lo veía aparecer, anímate, al menos te meto una chupadita rica y le golpeteaba el hombro con su bolsito negro. Una locura, boludo. Sí, carajo, le dije, y le conté que de hecho conocía a alguien que estaba desaparecido desde ese día, desde el día de la redada de la migra. No jodás, boludo, ¿en serio? Sí, sí. Uhhh, qué cagadón. Sí, hombre, un poeta mexicano que había conocido por la zona y que recitaba sus poemas en uno de los bares que cerraron. Cerraron varios, ¿en cuál recitaba tu amigo? En la Tasca. Bueno, una lástima, pero ya sabés cómo es acá. Pues sí, qué te puedo decir, así es.

Un poco más allá nos despedimos.

Ahora Lizárraga y yo solemos encontrarnos casi siempre. Mínimo una o dos veces por semana. Así fue como supe que en su país era profesor de español de una escuela secundaria. Lo que más le gustaba era planificar el calendario anual de lecturas para los alumnos: Borges, Cortázar, Sábato. Lizárraga había crecido entre libros en la casa de sus padres. No se cansaba de repetir que si no cultivábamos el hábito de la lectura entre los chicos, nos íbamos a joder todos. Si bien los libros nunca tuvieron muchos amantes, ahora con las maquinitas del Nintendo y la Playstation, menos. La Argentina se estaba yendo al hoyo porque los argentinos cada vez relegaban más la lectura. Hasta en el fútbol estaban remal por eso. Maradona nunca había leído, por eso no sabía pensar. Che, ¿por qué creés que es un fracaso como entrenador? Para entrenar una selección hay que saber pensar, no basta con haber sido buen jugador. De esa manera pasábamos el rato, frente a un par de cervezas, comentando lecturas y a veces algo de fútbol, porque en Miami, según Lizárraga, era difícil encontrar alguien con quien hablar de libros y de buen fútbol.

También había noches, no muchas por cierto, en que Lizárraga ponía un billete tras otro sobre la barra, y secaba y secaba botellas de Quilmes. Extrañaba mucho a su mujer. Estela era otra gran lectora. Por eso le gustaba tanto «La noche boca arriba», porque era el preferido de ella también. ¿Cómo pasaste la noche?, le preguntaba Lizárraga todas las mañanas por el teléfono. Pasé la noche boca arriba, respondía Estela.

Cuando hablaba de su hijo Facundo, el Súper Pibe, la cosa era diferente. Ese tema es complicado, decía, y era puntual, un par de cosas, las últimas noticias de los médicos y la conversación cambiaba. Eso era todo. Rara vez hablaba del niño.

Ayer, sin embargo, Lizárraga entró en el bar con las manos en los bolsillos, barriendo el suelo con la mirada, me palmoteó el hombro y se sentó. Antes de pedir siquiera la primera cerveza, dijo que al Súper Pibe ya se lo estaba llevando la vida. A él la distancia lo estaba volviendo loco. Quería largarse y tenía que seguir en Miami. De la guita que mandaba a Estela costeaban los gastos de la enfermedad. Y además estaba el tema de mierda ese de la ilegalidad, ya no podía salir del país, si salía no volvía. Estaba cogido de las bolas por todos lados.

De la enfermedad del Súper habíamos hablado hacía un tiempo. Una de esas noches de un billete tras otro, con la mirada extraviada y como si las palabras se le cayeran de la boca, Lizárraga dijo que el Súper se desmayó en la cancha, jugando al fútbol, y lo llevaron a la sala de urgencias. Seguro que ha sido por debilucho, dijo Estela;

llevaba días que no comía bien. Le hicieron unos análisis, radiografías, hasta un encefalograma y nada. Ordenaron más exámenes. Unos días después, un médico especializado, el doctor Franceschini, los citó para hablar sobre los resultados. Los recibió en su consultorio privado. Al pibe le dio unos autitos de colección y lo acomodó en la sala de espera. Ellos se sentaron en el despacho, frente a la mesa de trabajo de Franceschini, con una carpeta de expediente abierta, donde había fotos del cerebro del Súper. Le había crecido una bola, como una pelotita de ping-pong, que el médico encerró con su lapicero. Ya tenía por lo menos tres meses con el intruso ahí arriba, e iría creciendo más. Lizárraga no pudo voltear a mirar a Estela, sus ojos se deslizaban entre el Cross dorado de Franceschini, que iba dibujando líneas y puntos que se iban uniendo para formar letras, y las letras, palabras como tiempo de vida, tumor cerebral y cáncer, mientras que del otro lado el Súper empezaba a decir *pa*, ¿ya vamos? ¿*Ma*?

Ahí vinieron épocas jodidas. Su salario de profesor no alcanzaba ya para los gastos de la casa más el tratamiento de Súper Pibe. Las medicinas, la quimio, todo era costosísimo. Una tarde, al regresar de una sesión de quimio, con Estela en la cocina de su casa, mientras masticaban unas empanaditas de carne, decidieron que Lizárraga se iría a Miami. Buscaría algún trabajo que le permitiera enviar dinero para su esposa y su hijo. Cuando lograra establecerse, ellos partirían a su encuentro. Además, seguro que en Estados Unidos encontrarían mejores opciones para lo de su hijo. Los preparativos fueron breves. En menos de dos semanas, Lizárraga esperaba en la

Terminal C, de Ezeiza, tomando un café y leyendo *La Nación*, el vuelo de Aerolíneas Argentinas con destino a Estados Unidos.

En Miami el laburo lo consiguió rápido, pero aún seguía en «primera base» y todo lo enviaba a Argentina. Hasta trabajaba jornadas dobles cuatro días a la semana y el sueldo no le rendía para nada. Imposible alquilarse algo donde pudiera vivir con su familia cuando se reunieran. ¿Cómo, boludo? Él, desde que llegó, vivía en el mismo cuartucho que pagaba mes a mes. Ni pensar en meter ahí a Estela y menos al pibe, que cada día estaba peor. Bien se lo había dicho Franceschini aquella tarde frente al expediente: no había nada que hacer, ni terapias, ni tratamientos, ni quimios. Eso solo le iba a aliviar los dolores por un tiempo. Lo demás, en sí, era solo cuestión de esperar. Así que, como verás, peruano, la cosa está complicada. Mierda, fue lo único que dije, y me quedé callado. Él tampoco dijo nada más al respecto y más bien se excusó para ir al baño.

Pasé un largo rato frente a la botella —más de lo usual— hasta que Lizárraga volvió con los ojos vidriosos. Al sentarse ya no tocó más el tema. Y, como siempre, conversamos de nuestros asuntos. Cómo iba con mis lecturas, preguntó. Por fin estaba leyendo la colección completa de cuentos de Cortázar, le dije. Y mientras hacía una pelotita con la servilleta mojada que había debajo de su botella, me preguntó si ya había leído «La noche boca arriba». Sí, ya, pero me quedaba con «Continuidad en los parques». Y sí, ese era fenómeno, dijo, y jugando con la pelotita, sin desviarle la mirada, me explicó sobre una teoría de Cortázar que estaba representada en ese cuento. Sobre un lector macho y un lector hembra, creo, algo por el estilo, no lo sé.

Cuando terminó la cerveza, Lizárraga dijo para tomar una última. Yo ya no podía más y al día siguiente tenía que estar temprano en Pegasus.

Me estiró la mano, él se quedaría un rato.

A propósito, dijo, cuando yo daba los primeros pasos hacia la puerta, se viene concierto de Pistolas, la banda que te comenté la vez pasada, te aviso para ir. Listo, de la puta madre, me avisas, respondí girando apenas la cabeza.

—Andá con cuidado, peruano.

Jueves, 26 de agosto, 10:48 pm

… La mujer dice que ella solo pasaba por ese lugar. Que no tiene nada que ver con esas putas de la esquina. Mentira, dice el policía que derrama el chorro de luz sobre ella, él la ha visto varias veces parada ahí, con las demás, con los *pimps*, con los *drug dealers*. El otro policía ha abierto, sobre el maletero, el bolsito negro que levantó de la pista. Va sacando, una a una, lo que hay dentro: un lápiz de labios, enjuague bucal, delineador de cejas, esmalte de uñas, polvos para la cara, una vieja foto de un tipo de bigotito, vestido con un atuendo de médico, y la mira, le da la vuelta, en el reverso está escrito «Román Pérez, fiesta de fin de año en el Policlínico Camilo Cienfuegos», la huele y dice *whothehellisthis dude…*

bye bye hey hey
maybe we will come back some day now
but tonight on the wings of a dove
up above to the land of love
PATTI SMITH

Aquellos días de Mar

A Mar la vi por primera vez en el Starbucks de la West Avenue. Era uno de mis días libres en la agencia de envíos Pegasus y había decidido, efectivamente, tomármelo libre: nada de lavar ropa, de escribir mails a Lima ni de ir a Publix a hacer el mercado de la semana; nada de nada. Me desperté pasado el medio día y di vueltas en la cama hasta que tuve hambre. Me bañé, guardé en mi mochila el libro *Going to Miami*, de David Rieff, y salí a almorzar al Bella Napolitana, el restaurante donde había trabajado mi amigo Lizárraga hasta que llegó su esposa de Argentina y se fueron a vivir a Hallandale Beach.

Al terminar la comida, pasó por mi cabeza la idea de ir al Starbucks de la Lincoln a leer, pero la verdad es que cada vez que eso me tienta termino por desanimarme: me cuesta sumergirme en la marea revuelta de personas que inunda esa calle. Preferí bajar hacia el Starbucks de la West.

—Un *tall coffee*, por favor.

—*Blonde or pike?*

—*Blonde.*

Sentado en uno de los sillones saqué *Going to Miami*. Recién iba a empezar a leerlo; había esperado para hacerlo a disponer de tiempo. Me costaban las lecturas en inglés, se me hacían enredadas, necesitaba leer buena parte de hojas para meterme en la historia.

En la mesita junto a mí estaba sentada ella, Mar, zambullida en un libro. Con una mano se sostenía la frente, con los dedos de la otra tamborileaba la mesa, las piernas cruzadas sobre la silla. Su tamborileo me desconcentraba. Las vueltas de página que hacía eran demoradas y, entre una y otra, aprovechaba para alzar la cabeza, estirar las mangas de su suéter GAP azul hasta cubrirse las manos y deslizar su mirada en el ventanal con vista hacia Biscayne Bay.

Dejaba de tamborilear por unos minutos, en los cuales yo trataba de enfocarme en la lectura, pero empezaba otra vez. Cerré entonces el libro, lo puse sobre mis piernas y quedé mirándola: zambullida igual entre esas páginas. Era de más, no iba a poder leer. La temporada en Pegasus estaba lenta, así que ahí podría hacerlo. Me habían pasado del almacén al *front desk*. El trabajo era más simple: recibir órdenes e ingresarlas al sistema, sobraban ratos libres. En mi anterior lugar habían puesto a Machito, un cubano algunos años mayor que yo que pasaba casi todo el día jugando cartas con una baraja que llevaba siempre en el bolsillo.

Pasaron algunos días de esa tarde en Starbucks, cuando en la puerta de la agencia se estacionó un BMW blanco. Se bajó una chica hablando por teléfono. Era ella, la que no me había dejado leer, la reconocí. Sin terminar la llamada, se acercó al *front desk* y de su bolso sacó un iphone. A la persona que estaba del otro lado de la línea le dijo que ya había llegado a hacer el envío para su hermano en Caracas y que al día siguiente pasaría todo el día estudiando en Starbucks. Algo más, le preguntaron, pero ella dijo que ya tenía al muchacho de la agencia enfrente de ella, esperando, llamaba lueguito.

—Buenas, cómo te puedo ayudar.

—Amigo, mire, necesito enviar este paquete a Caracas.

—No hay problema, permítemelo.

Mientras lo pesaba, Mar chismoseaba *Going to Miami* que estaba sobre el mostrador. Vale, se ve interesante este libro, dijo. Sí, está bueno, la verdad. ¿Ah, sí? Sí.

Necesitaba algunos datos para llenar la orden: se llamaba Marianella Figuera, vivía en el edificio El Mirador, de West Avenue, su teléfono era 7863538887. El paquete, dije, llegaba en dos días. Vale, chévere. Bueno, eso es todo. Gracias, dijo, y sonrió. De nada.

Entré al almacén a dejar el iphone y Machito, que jugaba solitario, dijo que el *business* ya estaba muerto. Sí, voy a cuadrar caja, puedes irte si quieres. Y le recordé que al día siguiente yo estaba libre, él tenía que abrir y estar en el *front desk*. Tranquilo con eso, socio, mañana me toca estar «al frente» de la nave.

En mi casa, metido en la cama, tomé una Heineken y leí *Going to Miami* hasta quedarme dormido.

Mi día libre de la semana anterior había sido nulo. Tenía que aprovechar el de esta semana. Pasé la mañana organizando los montículos de ropa que se habían acumulado alrededor de mi cama y luego fui al Publix. Almorcé en el Bella Napolitana. Estaba haciendo un reconocimiento de la carta completa, según lo que había recomendado Lizárraga.

El café fui a comprarlo al Starbucks de la West. En el camino me acordé de Mar. El día anterior había dicho por el teléfono que estaría todo el día encerrada ahí, estudiando. ¿Qué estudiaría Mar?

Efectivamente, Mar estaba otra vez zambullida en su libro, con las piernas cruzadas sobre la silla, tamborileando. Fue después de comprar mi café que pasé junto a su mesa e intercambiamos miradas. Aunque tardó en reconocerme, hizo hola con la mano y sonrió. ¿Mucho estudio? Tenía *mid-terms*, sí. Ah, ok, yo ando de pasada para el cafecito. Mira, vale, por cierto, ayer me quedé pensando en el libro que estabas leyendo, yo estudio sociología. Para uno de mis cursos tengo que presentar un *essay* a fin de semestre y quiero escribir sobre algo de Miami, de la comunidad de acá. Sí, puede ser que ese libro te sirva. ¿Cómo se llamaba?

Tomó nota del libro de David Rieff y le dije que también leyera *Miami, City of the Future*, de T.D. Allman. El de Allman me había parecido mejor, más completo. ¿Sobre qué vas a escribir? Aún no sabía. Le dije que por qué no escribía algo del Miami Riot de 1982. No tenía idea de lo que le estaba hablando. Había sido un conflicto callejero entre negros, gringos y latinos, porque había mucho choque de culturas entre esos tres grupos. Fue fuerte, con muertos. ¡Coño, no tenía idea! Sí, es que acá durante fines de los setenta y la década del ochenta hubo mucho conflicto así. Súper, te pasaste con esa info. Si iba a estar un rato más ahí, podía ir a mi casa a traer los libros para que les diera una mirada. ¿En serio? Sí, claro, no hay problema. Vale, acá voy a estar, tengo que estudiar toda la tarde. ¿Cómo es tu nombre? Martín. Ah, yo soy Mar, un placer, Martín. Lo mismo. Bueno, ya vengo.

Tardé unos cuarenta minutos en volver, pero ya no encontré a Mar. En su mesa había una pareja de ancianos tomando té y comiendo muffins. Se me hizo raro, di un vistazo a las otras mesas y nada, se había ido. El resto de la tarde lo pasé en mi *efficiency*, terminando de organizar algunas cosas. De vez en cuando se me venía Mar a la cabeza.

Al día siguiente, Mar apareció por Pegasus cerca de las dos de la tarde. Se disculpó por haberse ido, la llamó su *landlord*, tenía que arreglar unas cosas con él sobre el contrato del apartamento. Le dije que no se preocupara y me preguntó cómo podíamos hacer para los libros, le interesaba mucho darles una mirada. A eso de las siete salía de la agencia, si le parecía podíamos ponernos de acuerdo a partir de esa hora. Esa tarde sí o sí iba a estar en Starbucks, no se levantaría de la mesa hasta que la echaran a la hora de cerrar. Listo, salgo de acá, paso por los libros y te veo en el café. Vale, Martín, te lo agradezco, y de pana mil disculpas por lo de ayer. No, tranquila, no hay problema. Hubo poco movimiento el resto de la tarde en la agencia y pasé casi todo el rato con Machito jugando Black Jack. Me comentó que se estaban armando unos campeonatos de póker buenos en el bar Zekes, que si me animaba a ir. Estaba complicado esa noche, pero la próxima era un fijo.

A eso de las ocho y media de la noche, llegué al Starbucks con los libros y ahí estaba Mar, en una de las mesas. Puse *Going to Miami* y *Miami, City of the Future* junto al libro que estaba leyendo y levantó la cabeza. Épale, Martín, muchas gracias. De nada. Te invito a un café. No, Mar, no te preocupes, yo me lo compro. Dale, Martín, déjame invitarte. Bueno, está bien. ¿Qué te tomas? Un *tall blonde*.

Mar volvió a la mesa con un té para ella y mi *blonde*. Ya había tomado mucho café durante el día, dijo, prefería un tecito, si no, no iba a poder dormir. Siéntate un ratico, Martín, estoy mamada de estudiar toda la tarde. Los libros que le había llevado eran para un curso de comportamiento disfuncional colectivo. Le había parecido interesante lo que le conté sobre el Miami Riot. Se había puesto a googlear información, el tema se le hacía buenísimo. Le comenté que había otro libro, *Miami, Mistress of the Americas*, que aún no había leído, pero que sabía que también valía la pena. Estuvimos conversando buen rato sobre Miami, hasta que a las diez y media nos dijeron que estaban cerrando.

Mar me llevó a mi *efficiency* en su BMW. De fondo, a volumen bajo, Patti Smith cantaba «Frederick». Vivimos cerca, dijo cuando encendió el motor, y el resto del camino fuimos escuchando la canción sin hablar. En la puerta, Mar me pidió que le diera unos días para revisar los libros. Ya los había leído, no tenía ningún apuro en que me los devolviera, que se tomara el tiempo necesario. Chévere, Martín, te lo agradezco un millón. Intercambiamos teléfonos, ya nos estaríamos comuni-

cando. Al bajarme, antes de cerrar la puerta dije que
«Frederick» era una cancionzota.

Antes de dormir recibí un *text* de Mar: «martín, un
millón ☺. avísame cualquier cosa, saludos, escribí».

Al otro día, en Pegasus, jugando Black Jack en el *front
desk*, Machito me volvió a invitar al póker. Arrancaba a
las diez, que no sea aburrido, que fuera. Bueno, me apun-
to. ¿Sabes dónde queda el bar ese? Sí, sabía, ahí iba con
Lizárraga. Saliendo del trabajo iba un rato a mi casa, y a
las diez caía por ahí.

El campeonato en sí no era campeonato. Solo éramos Machito, Kimbombo —un amigo de Machito que
a veces iba a buscarlo a la agencia—, un tal Carmona, un
tal Cabalito y yo, sentados en una de las mesitas del fondo del Zekes, apostando rondas de cerveza. Ellos trabajaban en una taquería, los tres. Cabalito era el manager,
Carmona el *delivery* y Kimbombo hacía de todo en la
cocina. El póker tampoco era muy póker que digamos:
consistía en armar tríos y pares; el que no armaba nada o
armaba los tríos y pares más bajos, invitaba una ronda de
cerveza para todos. No sé cuántos tríos armé, ni cuántas
rondas perdí, lo único que recuerdo es que en una de las
levantadas para ir al baño, encontré un *text* de Mar que
decía que acababa de terminar de leer el libro de Rieff y
le parecía genial. *Cool*, respondí. ¿Te desperté? No, nada
que ver. ¿Qué haces? Por ahí, en un bar en Lincoln. Ah,
ok, bueno, ya me voy a dormir, chaíto. Chau, hablamos.

Volví a la mesa y Machito ya había guardado la
baraja en su bolsillo y Carmona y Cabalito se habían
ido. Kimbombo abrazaba a Machito, le decía que era
su *brother*, su *brothersazo*. Oye, acere, se dirigió a mí

Kimbombo, sin dejar de abrazar a Machito, ¿tú sabes lo que es tirarse en una balsa al mar por días de días sin saber dónde pinga estás? Acá con mi *brother* Machito lo hicimos. No es fácil, vaya, ve que nuestro amigo, el flaco Román, que venía con nosotros se tiró al agua, desesperado, quería virar para atrás, *again* para Cuba. Pero nunca regresó a Cuba el flaco, acá nos enteramos que encontraron su cuerpo varado. Machito me hizo un gesto con la mano como diciendo que Kimbombo ya estaba muy borracho, mejor se iban.

Yo me quedé un rato más, pedí una Heineken en la barra. En el televisor de encima de la nevera de las cervezas pasaban videos de canciones de los setenta y los ochenta. Tomé un par de cervezas esperando a que pasaran «Frederick», pero solo pusieron videos de The Cure, Hendrix, The Clash; Patti Smith nunca llegó. Dejé un billete de diez junto a la botella vacía y me fui.

Caminé con «Frederick» en la cabeza, con Patti Smith, con Mar manejando su BMW, con Mar zambullida en sus libros. Saqué mi celular, abrí la casilla de *text messages*. El último que tenía era el que decía que iba a dormir, a la 00:53. En lugar de ir a mi casa bajé unas cuadras hasta El Mirador. Casi todas las luces de los apartamentos estaban apagadas, solo un par encendidas. ¿En cuál viviría Mar? ¿Quizá alguna de las encendidas sería la suya? Saqué mi celular, abrí otra vez la casilla de mensajes, di en la opción *compose*, pero no, no escribí nada, preferí guardarlo. En mi casa puse «Frederick» en YouTube y la dejé en *repeat*. Abrí una Heineken, empecé a bailar, a bailar y cantar «Frederick». De dos sorbos sequé la cerveza. Abrí otra; ni bien empecé a tomar, sentí que un río me desbordaba desde el estómago hasta la boca. Terminé la noche abrazado a la poceta, frente a un líquido amarillento, viscoso, con restos de jamón y fideos.

No serían ni las diez de la mañana cuando timbró el teléfono. Dormido, sin mirar quién era, contesté. *Good morning*, Martín, era la voz de Mar. Hey, ¿cómo estás? ¿Te despierto? La verdad, sí, pero no hay problema. Ay, *sorry*, pasé por la agencia a devolverte el libro y me dijeron que estabas *off*, por eso marqué. Ya me voy a la universidad y no vuelvo hasta tarde, pensé que era mejor dártelo de una vez. ¿No lo necesitabas para un trabajo de fin de semestre? Sí, pero ya lo leí y lo mandé pedir por Amazon para rayarlo y anotar cosas. Ah, ok, pásate si quieres. Estoy afuera de tu casa, Martín. ¿Sí? bueno, dame un minuto y salgo. Me lavé los dientes, la cara, me puse un pantalón de buzo, una camiseta.

Le pedí disculpas por salir tan mal aspectoso. Se rio, dijo que si la veía a ella recién despierta no le hablaba más. Preguntó en qué bar había estado la noche anterior. Un barcito acá en Lincoln, el Zekes, ¿lo conoces? No conocía. Había ido a Miami para estudiar en FIU, una que otra vez había salido con los compañeros de la universidad, pero más que nada a Sports Bars. De hecho tampoco conocía a nadie por la zona. Ah, bueno, vamos el fin de semana a algún bar de por acá, ¿qué dices? Por mí, súper. ¿El sábado? Sí, vale, el sábado está chévere. ¿Te voy llamando para coordinar entre mañana y pasado? Sí, claro que sí, y más bien ya me voy que ando retrasada. Ah, bueno, yo me voy a organizar, que tengo varias cosas que hacer y quiero aprovechar el día. Dale pues. Cuídate. Chaíto, Martín.

El resto del día no pude hacer nada, la resaca me aniquiló. Me quedé tirado en la cama; cuando me dio hambre llamé a Dominos, pedí el especial de dos pizzas de pepperoni medianas, una fue mi almuerzo y otra mi comida. En la noche escribí un *text* a Mar preguntando cómo le había ido en su examen. Creía que bien, estaba en Starbucks estudiando para otro más que tenía al día siguiente. Ah, bueno, no te fastidio entonces, hablamos el sábado.

En Pegasus, Machito dijo que al día anterior había ido a buscarme una «chamita» bien guapetona. Ah, una amiga que venía a devolver algo. ¡Coño! Clase de amiguita tienes. Bueno, y aparte de eso, ¿alguna otra novedad ayer? Nada, todo igual. Bueno, voy a estar en el *front desk* para cualquier cosa.

El día estuvo lento, así que aproveché para leer y mandar algunos e-mails que tenía pendientes. Al terminar la tarde, Machito preguntó si quería ir esa noche al póker. Le dije que estaba loco, necesitaba unos días para reponerme. Y eso que tu amigo Kimbombo debió de haber terminado peor. No, socio, ese se cafetea a primera hora y queda como *new*. A propósito, no sabía que eran amigos desde Cuba. Sí, compadre, del mismo pueblo, San Nicolás de Bari. Y el otro socio, el flaco Román del que habló Kimbombo, el que se tiró al mar, también, ellos trabajaban juntos en el policlínico del pueblo. Yo me juntaba con ellos los fines de semana, éramos los tres *pa* arriba y *pa* abajo. Carajo, Machito, pero cómo se tiró al agua ese pobre hombre. Se desesperó a mitad de camino, tenía su hijita en Cuba, tú sabes, y se quiso volver, pero sabe Dios dónde habríamos estado. Uno se lanza no más en la balsa y rema y rema y se deja llevar. El flaco estaba con que se regresaba y se regresaba, y nosotros no lo dejábamos, pero en una de esas nos descuidamos, se aventó y se hundió para que no lo viéramos. La marea nos siguió jalando y cuando el flaco sacó la cabeza ya estaba varios metros lejos. Le gritamos para que volviera, pero nada, hasta que nos perdimos de vista.

—Puta madre, Machito, qué jodido.

—Oye, anímate para el póker, ponte *pa* eso.

—No, Machito, hoy no.

—Te lo pierdes.

El sábado llegué a El Mirador a las nueve de la noche. Mar salió vestida de *jean*, camisa Lacoste blanca, Converse también blancas, todo le combinaba perfecto. Hola, Martín, ¿qué más? Bien, ¿y tú? Bien, también. ¿Dónde vamos a ir? Le pregunté si le gustaba el rock en español de los ochenta y me dijo que sí. En la Washington había un bar, el Al Capone, de ese estilo de música, al que había ido hacía tiempo con mi amigo Lizárraga, en el que a veces tocaban bandas en vivo. Ah, buenísimo, vamos, ¿saco mi carro? No, ¿estás loca? Vamos caminando, es acá cerquita.

En el camino, Mar me contó que su papá, hacía un par de años, había decidido mandarla a Miami porque en su país las cosas estaban imposibles con Chávez. El señor trabajaba en el Banco Mercantil, el gobierno la tenía agarrada contra los banqueros. Los planes de Mar eran terminar de estudiar, buscar trabajo en Miami y no volver a Venezuela, ni hablar. Acababa la carrera en un par de meses y buscaba algo. Ya había empezado, pero hasta el momento nada.

A la altura del cruce de Española Way y Washington, le dije que esa esquina era la culpable de que me hubiera puesto a leer tanto sobre Miami. ¿Y eso? Hacía unos meses, en ese lugar, hubo una redada de inmigración y la policía. La esquina se estaba llenando de putas y *drug dealers*. Levantaron con todo lo que pudieron. Buscando en Google información y noticias al respecto, llegué hasta el Miami Riot y me llamó la atención. Qué heavy. Sí, estuvo movida la zona, la gente no hacía más que hablar de eso; de hecho, yo conocía a alguien, un poeta que había desaparecido desde ese día. En parte, las googleadas de noticias que hice fueron para ver si daba con alguna pista suya. Coño, qué lástima, Martín.

—Ese de allá es el bar.

No tocaba ninguna banda esa noche, pero la música estaba buena. Nos sentamos en la barra; ella pidió una Corona al gringo con gorrita de los Red Sox que atendía y yo una Heineken. Al extremo de la barra vi a Cabalito, uno de los jugadores de póker del Zekes; nos saludamos de lejos. Después de servir las cervezas, el gringo de la barra se fue a conversar con él. Mar se había quedado mirando a la pared de atrás del tabladillo, donde descansaban la batería, la guitarra y el micrófono, la caricatura de Al Capone de tamaño gigante. Ese era otro de nuestros vecinitos, ¿sabías? ¿Quién, Al Capone? Sí. ¿Cómo así? Le encantaba el Clay Hotel, en Española Way, para hacer sus apuestas ilícitas. No tenía ni idea, Martín. Para que veas, en esta zona ha habido de todo. Sí, de pana, es bien loca esta ciudad, uno ve cada cosa que se queda idiota. Martín, y cambiando de tema, ¿qué has estudiado que te veo tan leído? La verdad es que leo porque me gusta. Ahora solo estoy en Pegasus, juntando plata para resolver el tema de mis papeles. Espero casarme con una cubana el próximo año, conseguir la residencia y ponerme a estudiar. Hasta entonces vivo jodido. Ah, coño, no sabía. Sí, es todo un tema, pero así andamos casi todos por acá. Bueno, será por un tiempo nada más, ya verás cómo se arregla más adelante. Sí, sí, calma y a trabajar mucho, *that's it*. ¿Y qué te gustaría estudiar cuando resolvieras eso? Me interesa la sociología, también. Ay, qué chévere, a mí me encanta mi carrera. Era interesante conocer los desórdenes personales en un nivel colectivo, por eso le habían fascinado tanto los estudios. A mí me gustaría adapatar esos análisis a la gente de Miami, por eso me había interesado tanto su *essay* de fin de semestre. ¡Y tú dale con Miami! Es que me encanta.

Iba yo por la quinta cerveza y ella por la tercera cuando dijo que si tomaba una más, vomitaba, tanta cerveza le caía mal. Pedí la cuenta.

Afuera salpicaba la llovizna; a un par de cuadras de haber dejado el Al Capone, se hizo más intensa. Apuramos el paso. En El Mirador apenas nos despedimos, ya la lluvia era una masa espesa de agua que bañaba las aceras, las palmeras, los techos de los autos alineados al borde de la acera. Márcame al llegar, escuché a mis espaldas, cuando ya había corrido unos metros.

Mar estaba acostada cuando le marqué, solo esperaba mi llamada para dormir. Quería saber si había llegado bien. Bien mojado, dije, y se rio. La había pasado lindo. Yo le dije que ella era una excelente compañía. Nos quedamos callados. ¿Qué planes para mañana? Nada, dijo, ninguno. Hay que vernos un rato, qué dices. Vale, me parece, ¿quieres venir a mi casa a almorzar? Claro que sí, ¿como a qué hora? Como a medio día más o menos, voy a cocinar algo. Todos los domingos cocino. ¿Ah, sí? Sí, me encanta cocinar. Ah, mira, en eso yo sí soy un animal. Ay, Martín, tú si eres gafo. ¿Gafo? Tonto, pues. Sí, bastante. Bueno, Martín, ya me voy a dormir, mañana te espero. Ok, nos vemos. Antes de lavarme los dientes y alistarme para dormir, puse «Frederick» en YouTube.

Mar vivía en un *one bedroom*, el 902, de suelo, paredes y techo blancos. Como único mueble —al centro de lo que sería la sala o quizás el comedor— tenía una mesa también blanca donde estaban sus libros desordenados. Más allá, cojines azules dispersos. Mar cocinaba ravioles, y mientras hervían en la olla, me llevó al balcón. El Mirador era uno de los edificios color aguamarina que encerraban el océano liso de Biscayne Bay, y se veían desde el puente Mac Arthur cuando uno llegaba a Miami Beach. Del otro lado se levantaban las casotas de Star Island, resguardadas por palmeras y yates. ¿Ves esa casa de allá? ¿Cuál, la de puentecito hacia el muelle? No, la de al lado, la de mal gusto. Sí. Es de los Estefan, varias veces los he visto. A cada rato almuerzan ahí, en la terraza. Debe de ser horrible pagar millones de dólares por una casa tan expuesta al público, ¿no crees? Sí, dijo ella, si hasta botecitos turísticos pasan a chismosearlos y tomarles fotos.

Faltaba poco para que la pasta estuviera lista. Mar dijo que pusiera música y me acomodara por ahí, en los cojines. ¿Tienes el CD de Patti Smith por acá? Sí, puesto. ¿Qué número es «Frederick»? La nueve. Martín, a ti sí que te gusta burda esa canción. Claro, muy buena, es un clásico, hacía tiempo que no la escuchaba, desde Lima, hasta que me subí a tu auto. A mí me encanta Patti Smith, siempre la he escuchado, desde la secundaria.

—¿Qué quieres tomar?

—¿Qué tienes?

—Coca normal y Coca Zero.

—Normal, por favor.

—¿Acomodo la mesa?

—Mejor en los cojines, deja el pocote de libros ahí, nomás, si no me desordeno sola.

Estaba riquísima la comida. Que no sea exagerado, dijo Mar, cualquiera podía tirar un paquete de ravioles en agua hirviendo. Moríamos de hambre, no hablamos, en menos de diez minutos los platos estuvieron vacíos. Ahí hay un poquito más, ¿quieres? No, así está bien, gracias. ¿Quieres café? Bueno, café sí.

La acompañé a la cocina llevando los platos y vasos sucios. ¿Dónde los dejo? En el *dishwasher, please*. Me agaché a meter los platos, y al levantarme, Mar estaba detrás de mí con la cafetera, que le diera un permisito para enchufarla. Y ahí, junto a la cafetera, antes que la encendiera, busqué sus labios y los encontré. Nos dejamos llevar por el impulso, por nuestras manos, fuimos cediendo el uno al otro. Sin dejar de besarnos, llegamos a los cojines.

Unos minutos después me desvanecí sobre ella, hasta que nuestras respiraciones fueron recuperando su ritmo mientras ella acariciaba mi cabeza.

Pasamos el resto de la tarde en esos cojines, desparramados, comiendo helado Hagen Dazs de vainilla, conversando de su proyecto de fin de semestre, escuchando todo el *Live at Montreaux* de Patti Smith. Ahí no canta «Frederick», reclamé. Mejor, para que no te aburras. A las seis dije que me tenía que ir, quería acostarme temprano. Debía madrugar para abrir Pegasus, los lunes abríamos más temprano, esperábamos a UPS. ¿Me llamas cuando llegues? Sí, te marco en un ratito.

Desde entonces empecé a ir a El Mirador por las tardes, al salir de Pegasus. Mar investigaba y escribía para su proyecto, estaba en las últimas semanas de clase. Yo llegaba, ella hacía un *break*, preparábamos café. ¿Qué tal la agencia? Ahí, igual, lo mismo, ¿y tú avanzaste? Sí, burda, el libro de T.D. Allman es arrechísimo, además he encontrado otro muy bueno, en español, de un periodista argentino, Hernán Iglesias. Anda, ¿sí? Sí, se llama *Miami: turistas, colonos y aventureros en la última frontera de América Latina*. Ah, me lo pasas cuando termines, tiene buen título.

Los fines de semana íbamos a las noches de rock latino del Al Capone o al Zekes o a algún bar de la Lincoln, la Washington o Española. Mar estaba encantada con conocer South Beach: decía que cada vez entendía más por qué yo estaba fascinado con la ciudad. Los domingos cocinábamos pastas. Algunas veces las hice yo. Era solo tirar un paquete de pasta en un poco de agua, que no fuera flojo, decía Mar. Según Machito me había enamorado, un fijo menos para el póker. No sabía lo que me estaba perdiendo, tremendos campeonatos se estaban armando.

A Mar le fue muy bien con el *essay* de Miami Riot. Un tema totalmente novedoso, muy interesante, dijo Professor Cruz, y le puso una A. ¡Tenemos que celebrar, Martín! Propuse irnos de bares, tomar un mojito en cada bar que viéramos en nuestro camino por Española, Washington, Lincoln. Le pareció genial, era lo mínimo por acabar la carrera y sacar un A en el *essay*. Entramos en nueve o diez bares, no recuerdo bien. El último fue uno de Española. No podía más, dijo Mar, no podía ni caminar, que por favor nos fuéramos en taxi. En su casa puse «Frederick», la cantamos dando gritos. La volví a poner, la bailamos, nos besamos, nos desvestimos.

Un jueves, en uno de mis días libres, sentados en las rocas frente al mar del parque Smith and Wollensky, Mar dijo que estaba pensando regresarse a Venezuela. Había terminado la carrera hacía más o menos dos meses y no encontraba trabajo. Su visa de estudiante expiraría pronto y no quería quedarse indocumentada. Su papá le había dicho que regresara, él la acomodaba en algo por allá. Además estaba por vencer el contrato de alquiler en El Mirador, y así, en esas condiciones, ni hablar de renovarlo. Entiendo, nada más dije, con la mirada perdida en el cielo rojizo del horizonte.

Al poco rato cada uno estaba en su casa.

Pasaron varios días en los que no nos comunicamos, varias semanas. Machito me animaba, las jevas son así, compadre, hay que verlo por el lado positivo, ya recuperamos un fijo para las noches de póker. Aparte de Cabalito, Kimbombo, él y Carmona, ya eran varios los que se juntaban en el Zekes. Y se habían establecido como días para jugar los martes y jueves a las diez. Eran dos mesas, se iban eliminando jugadores hasta que quedaba todo en una sola mesa.

Y así que volví a ser uno de los «fijos». Generalmente Kimbombo y yo éramos los primeros en ser eliminados. Nos sentábamos en la barra y pedíamos Heineken. Qué volá. Todo bien, Kimbombo, ¿tú cómo vas? Ya tú ves, acere, bien, buscando a Yaneirita, la hija del flaco Román que me he enterado que se vino también para acá. ¿Román, el que salió con ustedes de Cuba y trató de regresar nadando? Ese mismo. Lo que no sé es cuándo se haya venido ella. Vaya, era casi niña cuando lo de nosotros. Una niña hermosa, chico, una muñequita. Y vieras lo pegada que era al papá, lo adoraba, y él a ella ni qué decir. El flaco la dejó encargada con una de sus primas mayores, Belinda, pero al parecer la vieja era medio borracha y Yaneira, niña y todo, no la aguantó mucho. Pero más nada sé. Solo me dijeron, el otro día que llamé y pregunté qué era de su vida, que en el pueblo se habló hace una pila de años que había venido para acá. Concha su madre, Kimbombo, qué jodido, ¿y no tienes ni idea de dónde pueda estar? No, socio, ni idea, cómo encontrar a alguien acá, es imposible, todo es enorme, nadie se conoce. Ya Yaneirita debe de estar hecha mujer, casada, debe de haber formado familia. Me gustaría verla, decirle que su papá dio la vida por ella. Tiene que haber alguna manera de averiguar eso, Kimbombo, un registro público o algo así. Ve tú a saber, acere.

El hielo entre Mar y yo se rompió con una llamada que me hizo ella a la agencia. Quería verme después del trabajo en el Starbucks. Ok, ahí nos vemos.

Llegué al Starbucks a eso de las siete y ahí estaba ella. ¿Y qué más, Martín? Ahí, bien, extrañándote, pero bien. Me agarró la mano, dijo que no había habido un solo día que no se hubiera acordado de mí. No dije nada. Ya, ya se regresaba a Venezuela. El taxi pasaría a buscarla en una hora por El Mirador para llevarla al aeropuerto. La miré. Sus ojos estaban húmedos. Sacó del bolso el CD de Patti Smith y me lo dio, nunca te olvides de la nueve, dijo, y me dio un beso en la frente. Cuídate mucho, Martín. Lo mismo. Busqué sus labios pero no los encontré.

Me quedé observando a Mar desde el ventanal mientras se confundía entre la gente que iba y venía por la West hasta que entró en El Mirador y la perdí de vista.

Pregunté la hora, eran recién las ocho, compré un *tall blonde* y me desparramé en el mismo sillón donde estaba sentado la primera vez que vi a Mar. Todos se iban de Miami, puta madre. Todos, por alguna u otra razón, se largaban de la ciudad. ¿Cuándo me tocaría?

Mi teléfono vibró en el bolsillo, tenía un *text* de Mar que decía que me cuidara mucho, y otro de Machito, para que confirme si iba al póker de las diez, si seguía siendo un fijo o ya me habían perdido otra vez.

A Mar le respondí que ella también, y a Machito que sí, seguía siéndolo.